中華非物質文化叢書・文學類・經典系列

潘註千字文

——己亥五四運動百周年增訂版

蕭梁陳郡周興嗣　韻次　譯
後學南海潘國森　註　審
後學河北楊浩石　審訂

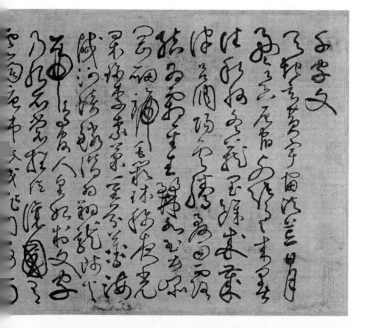

書名：潘註千字文——己亥五四運動百周年增訂版
註譯：潘國森
審訂：楊浩石
系列：心一堂•中華非物質文化叢書•語文類•經典系列　潘國森文集•德行類
主編：潘國森 陳劍聰
責任編輯：潘國森文集編輯組

出版：心一堂有限公司
通訊地址：香港九龍旺角彌敦道610號荷李活商業中心十八樓05-06室
深港讀者服務中心：中國深圳市羅湖區立新路六號羅湖商業大廈負一層008室
電話號碼：(852) 90277110
網址：publish.sunyata.cc
電郵：sunyatabook@gmail.com
網店：http：//book.sunyata.cc
淘宝店地址：https：//shop210782774.taobao.com
微店地址：https：//weidian.com/s/1212826297
臉書：　https：//www.facebook.com/sunyatabook
讀者論壇：http：//bbs.sunyata.cc

香港發行：香港聯合書刊物流有限公司
香港新界大埔汀麗路36號中華商務印刷大廈3樓
電話號碼：(852)2150-2100　　傳真號碼：(852)2407-3062
電郵：info@suplogistics.com.hk

台灣發行：秀威資訊科技股份有限公司
地址：台灣台北市內湖區瑞光路七十六巷六十五號一樓
電話號碼：+886-2-2796-3638　傳真號碼：+886-2-2796-1377
網絡書店：www.bodbooks.com.tw
台灣秀威讀者服務中心：
地址：台灣台北市中山區松江路二0九號1樓
電話號碼：+886-2-2518-0207
傳真號碼：+886-2-2518-0778
網址：www.govbooks.com.tw

中國大陸發行 零售：深圳心一堂文化傳播有限公司
地址：深圳市羅湖區立新路六號羅湖商業大廈負一層008室
電話號碼：(86)0755-82224934

版次：二零一九年十二月初版
平裝

定價：港幣　　　九十八元正
　　　新台幣　　三百九十八元正

國際書號　ISBN 978-988-8582-85-3

心一堂微店二維碼　　　心一堂淘寶店二維碼

本書所用粵語音標

　　本書正文標註粵語（廣府話）讀音，一般採取直音（某讀若某）和粵語拼音相結合的方式。粵語拼音方案有很多種，本書採用香港語言學學會粵語拼音方案（簡稱「粵拼」），詳見下列各表。請注意，本書以7、8、9標註陰入、中入、陽入，與「粵拼」有所不同。有關粵語音韻學的知識，請參看本書的《音韻學簡介》一節。

表一：韻母表

單元音韻母		麻花 aa		賒借 e	依時 i	禾多 o	扶孤 u	書娛 yu		靴 oe
複元音韻母		埋街 aai	雞啼 ai	曦微 ei		栽開 oi	陪杯 ui		追隨 eoi	
		咆哮 aau	優遊 au	【掉】 eu	逍遙 iu	勞高 ou				
有輔音韻尾的韻母	-n	闌珊 aan	民親 an		田邊 in	寒安 on	盤寬 un	圓圈 yun	遵循 eon	
	-t	八達 aat	佛骨 at		熱烈 it	割渴 ot	活潑 ut	月缺 yut	律出 eot	
	-m	慚貪 aam	琴心 am	【舐】 em	添盦 im					
	-p	臘雜 aap	執拾 ap	【夾】 ep	獵涉 ip					
	-ng	棚撐 aang	能登 ang	靈釘 eng	英明 ing	康莊 ong	農工 ung			強疆 oeng
	-k	白黑 aak	勒德 ak	劈石 ek	力敵 ik	落索 ok	綠竹 uk			芍藥 oek
鼻韻母		唔 m	吳 ng							

　　本書所用韻母，據「香港語言學學會」所編訂的「粵拼」方案。
　　本表用兩字標明韻部，參考陳卓瑩《粵曲寫作與唱法》。

表二：聲母表

聲母	例字	例字讀音	聲母	例字	例字讀音
b	巴	baa1	ng	牙	ngaa4
p	怕	paa3	h	蝦	haa1
m	媽	maa1	gw	瓜	gwaa1
f	花	faa1	kw	夸	kwaa1
d	打	daa2	w	蛙	waa1
t	他	taa1	z	渣	zaa1
n	那	naa5	c	叉	caa1
l	啦	laa1	s	沙	saa1
g	家	gaa1	j	也	jaa5
k	卡	kaa1	零聲母	呀	aa1

本書所用聲母，據「香港語言學學會」所編訂的「粵拼」方案。

表三：聲調表

聲調名稱	陰平	陰上	陰去	陽平	陽上	陽去	陰入	中入	陽入
代表數字	1	2	3	4	5	6	7（或1）	8（或3）	9（或6）
例字	分	粉	訓	焚	奮	份	忽	發	佛
調值特點	聲音高而平	聲音高而上升	聲音較高、平或略降	聲音低而平	聲音低而上升	聲音較低，平或略降	聲音高而短	聲音居中而較短	聲音低而短
拼音	fan1	fan2	fan3	fan4	fan5	fan6	fat7 或 fat1	faat8 或 faat3	fat9 或 fat6

本書以7、8、9標註陰入、中入、陽入[1]。

①「粵拼」方案以數字1、3、6分別代表陰入、中入、陽入，以反映入聲的音高。但是在實際應用時，經常令到初學誤會叢生，將陰平聲與陰入聲混淆（都配1）、陰去聲與中入聲混淆（都配3）、陽去聲與陽入聲混淆（都配6），只憑閱讀課本自學者尤甚。本書從粵語九聲的傳統出發，將三個入聲分別標記為7、8、9，以確保讀者能分清九聲。

目　錄

簡介《千字文》

　　《千字文》原名《次韻王羲之書千字》，是傳統社會兒童學習書法的重要啟蒙讀物，作者是南朝人周興嗣（?-521）。

　　《千字文》原本是梁武帝蕭衍命周興嗣為蕭梁皇室的王子學習書法而作。啟是啟發、啟迪；蒙是指幼稚而沒有知識；所以初入學的小孩子叫做「童蒙」，啟蒙即啟發未受過教育的小孩子。《千字文》因受體裁所限，行文比較簡潔，對於真正的「童蒙」來說還是略為艱深，所以清末以後變成純為習字之用，幾十年前的國文老師都不再把它當作教科書用。

　　南北朝（420-589）是中國歷史上南北分裂對峙的時代，南朝先後共有宋（君主姓劉，又稱劉宋）、齊（君主姓蕭，又稱南齊）、梁（君主亦姓蕭，又稱蕭梁）、陳四個政權。

　　蕭衍（464-549），字叔達，是梁朝的開國之君，他原本是南齊皇族的遠親，後來篡（粵音傘saan3）齊自立為帝。梁武帝在位共四十八年，前期是南朝盛世，他可以說是南朝最像樣的一個皇帝。可是晚年佞佛（佞粵音濘ning6，佞佛即是迷信佛教而不是正信），以帝皇的身份，曾經三次出家，每次都要臣民出錢將他從佛寺贖回。

　　王羲之（303-361），字逸少，是東晉時的大書法家，世稱「書聖」。梁武帝為了方便一眾王子學習王羲之的書法，便命周興嗣根據

5

王羲之的書法，編成文章來給眾皇子皇孫誦讀。

　　為了便於記憶背誦，《千字文》全文用四言詩的體裁寫成，四字一句，合共二百五十句，每兩句一組，大部份都對偶押韻。難處是要保持全文四字一句，既要考慮韻律和內容，用字又不可以有任何重覆，而且又要王羲之曾經寫過。據說周興嗣為了寫《千字文》而一夜白頭，這個說法或許有誇大的成份，但也說明其中的難度。

　　周興嗣（469-521），字思纂（粵音如轉變的「轉」（zyun2），陰上聲）。他記憶力很強，文章也寫得很好，因為梁武帝本人愛好文學，所以周興嗣很得器重。但是周興嗣的身體不好，在公元五一三年因病而盲了左眼，所以始終沒有做上大官。他在作《千字文》時的官銜是「員外散騎侍郎」。官有常額，也有在常額之外加置，「員外」即是在常額官員之外的意思。「散騎」是在皇帝身邊「騎而散從」的官員，並無常職。「侍郎」即是侍從的郎，「郎」在漢朝是做官的基本資格，侍郎一類的官，一般負責規諫皇帝，後代的侍郎發展成為相當於副部長級的高官。周興嗣這個「員外散騎侍郎」在當時屬於所謂文學侍從之臣。

　　中國文字是一字一音的方塊字，因為一字一音，所以寫詩詞文章時在韻律與對仗上面，就可以有許多變化騰挪的餘地。寫作詩詞一類的韻文經常是文人雅士相聚時的消遣，即所謂「以文會友」；而韻文必須重視韻律。答和（粵音禍wo6）別人的詩而用其原詩的韻腳次

序，稱為「次韻」。

西漢時大思想家賈誼（200 BC-168 BC）認為，治國之道首先要重視太子與王子的教育。因為以往中國在政治上實行世襲君主制度，即使皇帝做得不好，也不能隨便撤換。補救的方法惟有把所有王子都教育成品德良好之人，如此至少不會出現不讀書、不明理的皇帝。例如，梁武帝的長子昭明太子蕭統（501-531）性格寬仁，喜好文學，博覽群書，可惜早死。

雖然梁武帝也能秉承前人的良方，還算重視王子的教育，但是晚年對子孫輩過份寬縱，到頭來子孫大部份都不孝。在侯景之亂時，武帝許多擁有兵權的子孫坐視不救，沒有一個肯出師勤王，結果武帝以帝皇之尊，受困而餓死，實在有點諷刺。

《千字文》共分四章。

第一章由「天地玄黃，宇宙洪荒」至「化被草木，賴及萬方」，共三十六句，一百四十四字。講的是天、地、人之道。

第二章由「蓋此身髮，四大五常」至「堅持雅操，好爵自縻」，共六十六句，二百六十四字。講的是君子修身之道。

第三章由「都邑華夏，東西二京」至「曠遠綿邈，巖岫杳冥」，共六十句，二百四十字。講的是君主王（粵音旺wong6，作動詞用）天下的盛況。

第四章由「治本於農，務茲稼穡」至「謂語助者，焉哉乎也」，

八十八句，三百五十二字。講的也是君子修身之道，但是與第二章有分別，這一章主要專講君子窮而在下時的修身。因為受到用字的限制，第四章內容比較混亂，結構不及前三章的嚴整。

「五四」百周年修訂版自序

本書的第一版刊行於上世紀九十年代，至今已超逾二十年，似乎是有最多讀者喜歡的一部拙作。這番再次修訂重刊，完全是因為浩石的緣故。

楊浩石博士是位年輕經濟學者，不大記得起當初他給我發電郵論學時的情況，印象中那時他仍在河北省上大學。既然筆者癡長幾歲，還是仍稱呼他的名字吧。我倆相知數載，卻還未曾見面，唯憑電郵通訊。現時他在西半球發展，兩家日月反背、晝夜倒顛。初唐大詩人王勃有「海外存知己、天涯若比鄰」名句，這正正是我們的寫照。

筆者從來都喜歡與讀者交流切磋，尤其是年輕讀者提問，總是知無不言、言無不盡。讀者來鴻，一律不問年齒平輩論交。間有陌生讀者問字，倒似把潘國森當成了「人肉字典詞書」，好在現時網絡資源多得很，一般都是介紹他們自己去合用的網站翻查發掘。浩石當年所談都是進階級的題材，所以要認真對付。

《弟子規》有云：「聞過怒，聞譽樂；損友來，益友卻。聞譽恐，聞過欣；直諒士，漸相親。」筆者平生喜歡評論是非，都是一本學術求真的精神，言者雖無心冒犯，未必人人都能諒解。浩石在繁重工作之餘，擠出有限的時間，指正拙作中大大小小的錯漏失誤，所謂「學無前後，達者為師」，筆者當然要「聞過欣」了。假如只許自家

9

指點人家的失誤，卻容不得他人指教本人的不足，責人從嚴、律己從寬，未免枉讀詩書了。

　　浩石位居要職、業務繁忙，對本書字斟句酌，嚴格到審訂教科書的那個程度，相信佔用了他不少餘暇。他熱誠施援，我言謝嫌俗，受之可以無愧。我們原本打算在二〇一八年戊戌，即戊戌維新運動一百二十周年定稿並重刊此增訂版。無奈浩石實在太忙，筆者已如討債一般地窮追，後來趕不及了，反而可以放慢步伐。今年二〇一九年己亥，是一九一八年己未「五四運動」的百周年，不能再拖了。

　　浩石的建議很細緻，如果改詞換字會比原文優勝，都立刻依從。若原文無大錯，則必據理力爭。是書若還有甚麼粗疏蟆漏，現在就多了浩石分擔責任了。〈音韻學簡介〉和〈最起碼的歷史常識〉兩段，都是由他負責重寫。至於版稅稿費，則因為他本來厚薪高職，自不必付他分毫。

　　本書原先的作意，是為香港本地讀者而寫。原書第一版刊行之後數年，香港的中國語文教育就經歷了十年浩劫，中學畢業考試不再要求考生熟讀若干範文，取消了以範文內容作為擬題範圍的問答題。原先中學生起碼被迫熟讀二三十篇古文，因為高中要考核學生的古文水平，少不免要在小學和初中先讀近百篇淺白古文。十年不考古文，就牽一髮而動全身，出現十年中國文史哲入門基礎常識的文化斷層。我們都知道古代漢語（香港人理解的文言文）是現代漢語（香港人理解

的白話文) 的基礎。二十世紀以降，白話文取代了文言文，可是文學大家雖然以白話文創作，但是他們還是先熟讀文言文的。現時香港有了這麼一大批不讀古文的年輕人，真是嗚呼哀哉！

浩石還要求這部拙作放眼全國，於是我們多有據此修訂。普通話是全國通用的口語，廣府話則是兩粵通行的方言，筆者與浩石還有些「意見不合」，那就放到附錄去詳談好了。

《千字文》是中國教育史上一部非常重要的「啟蒙教科書」，筆者希望這次增訂，在當前「承傳中華文化、重建社會道德」的「大業」上面，略獻綿薄。

歡迎海內外高明君子不吝賜教！

是為序。

南海潘國森序於香港心一堂

二〇一九年歲在己亥

「五四運動」百周年

仲秋穀旦

新版《潘註千字文》序言

上一版千字文（二〇一二年版）出版後，我把偶然間看到的一些疏失總結下來，並給出了修改意見，寄給潘先生。潘先生便索性讓我把全書通讀一遍，擔任「審訂」的工作，還要我寫一篇序言；這實在是超出了我的能力範圍，當之有愧，不勝惶恐。《潘註千字文》自出版以來廣受讀者歡迎；就我此次所做的工作來說，「審」則有審，卻只是在潘先生原作的基礎上做了一些修正、補充和擴展，以期更好地服務讀者。下面大概介紹一下此次修訂的內容。

修訂情況

修訂工作主要包括以下幾個方面：

（一）修正註音錯誤，並為舊版中沒有註音的罕用字和容易誤讀的字註音。

（二）更新事例和資料。

（三）修正原文中不嚴謹和不準確的說法。

（四）對不易理解的部分加入註釋說明，或加入例證。

（五）擴充和改寫了某些章節（例如《音韻學簡介》和《最起碼的歷史常識》）。

新版中的粵語拼音（包括正文和附錄），統一採用香港語言學學會

粵語拼音方案（「粵拼」）；書中也簡要介紹了這個方案的拼音規則和與之相關的音韻學常識。粵語註音主要依據「粵語審音配詞字庫」，並由潘先生最後確定讀音。附錄中還加入了《千字文》的簡體版和普通話註音；在這裏也一並略作說明。簡體字的字形，按照《通用規範漢字表》（二〇一三年印發）校訂；表中未能收錄的罕用字，參照《現代漢語詞典》（第六版）確定字形。普通話讀音，嚴格按照《普通話異讀詞審音表》（一九八五年版）① 和《現代漢語詞典》進行標註。遇有古今讀音變化而造成的平仄失調，則在正文中註現代漢語普通話讀音，並在註釋中加註能使得平仄和諧的讀音。

《千字文》與傳統文化

潘先生多年來一直致力於傳統文化傳播和粵方言保育等工作，著述頗豐，成績斐然。在我學習粵語②的過程中，潘先生也給了我很多指導

---

①審音委員會自二〇一一年開始新一輪普通話審音工作，並曾於二〇一六年發佈新版《審音表》的徵求意見稿，所收讀音與一九八五年版頗有出入；因爲是未定稿，所以此次本書注音暫不予采用。
②這裏有一個不是問題的問題：粵語（廣府話）是方言還是語言？在我看來，這根本不必爭論。我同意鄧思穎（二〇一五）的看法：粵語作爲漢語的地方變體，是一種方言；作爲一種有完整語音、詞彙、語法的系統，又可以視爲一種語言。因此，將粵語稱作「語言」或「方言」，並不衝突。說是「語言」，並不高人一等；說是「方言」，也不矮人三分。

和幫助，使我獲益匪淺。經過多年學習，我對《千字文》和粵方言也有了一些自己的認識和看法，寫在下面，算是幾句題外話。

一般來說，接觸傳統文化，閱讀古典文獻，應該有所選擇，並且按照一定的次第進行。當代人生活節奏緊張，業餘時間有限，選擇什麼書來讀，每本書讀多少，按照怎樣的順序來讀，都是讀者面臨的實際問題。《潘註千字文》在許多章節中（例如《孔孟與四書五經》一章）都對這些問題有所討論，並提出了極有價值的指導意見。因此，本書不僅是對千字文的註解，也可以看作是傳統文化的入門書。而且，《千字文》本身內容豐富，涉及範圍很廣，讀者若以本書為綱目，舉一反三，便可以逐漸擴展自己的知識範圍，加深對古典文化的認識。

當代人學習《千字文》一類的古典文獻，應該兼顧理解與背誦兩方面，不可偏廢。我見過很多熱愛傳統文化的人，有的背了一肚子唐詩宋詞，而對字句意思理解得十分模糊，卻辯解說「翻譯出來會失去美感」；有的一篇一篇地讀，讀完就忘，只大概記得主旨，原文卻一句也想不起來。我想，既然肯花時間讀古書，就要考慮到效率問題；徹底理解，有助於記憶原文，而記住了原文，反過來又有利於理解和應用。這兩個方面相輔相成，偏向任何一方都會降低效率。《潘註千字文》正是為大家提供了這樣的方便：書中既有詳細註解和闡釋，幫助大家理解文義，又有註音和錄音幫助背誦，兩方面兼顧，相信能使讀者獲益不少。

《千字文》與粵音

　　書中為大多數的罕用字和易錯字都加註了粵語拼音，對於我這樣的學習者而言固然非常有用，對粵語的母語使用者來說，或許也有一定幫助。把一個字讀準固然好，但是若能懂得拼音，把字音「拼對」，則可以在感性認識之外增加理性認識，對母語的掌握會更上一層樓。

　　近年來，關於粵語的「正音」，有很多討論和爭議。在我看來，所謂正音問題，其實就是一個「異讀字審音」的問題。異讀，簡單說來就是同一個字（語素）在相同語境下出現了不同的讀音，而且這些讀音都有一定的流行度。異讀現象在各個方言區都廣泛存在，並不是粵語獨有。異讀的原因甚多，異讀的產生機制複雜，本文在此不做討論。

　　有了異讀，審定讀音便成為必要。現在大家在網上爭論某個字的讀音，往往始於「我小時候就這麼讀」，或者「根據某文獻就應該這樣讀」；更有甚者，直接攻擊對方「泥古」「向普通話靠攏」「縱容錯讀」等等。這種爭論，不能說毫無意義，卻也缺乏足夠依據，對決定一個字「到底應該怎麼讀」幫助不大。

　　審定讀音，從來不是一項簡單的工作，並不能單純地用「尊重古音」或「從俗從眾」之類的單一原則一勞永逸地解決①。從不同的原則

①可以參看王力《論審音原則》一文，雖然是論述普通話的審音，卻也可以看出審音工作牽涉到諸多方面的問題，審音原則的確立和執行會面臨各種各樣的複雜局面。

出發，很可能會「審」出完全不同的音。刻板地遵循一條標準，不是科學的態度。例如，如果僅僅依照古書，用「切」出來的讀音作為審音的惟一依據，膠柱鼓瑟，往往會得出讓人啼笑皆非的讀音；而一味從眾，允許明顯的誤讀「轉正」，則會傷害語音發展的系統性，將來可能帶來更大的混亂。當然，審音原則還抱括其他方面的重要內容，這裏不必一一列出。總之，在審音過程中確立並合理執行一套科學的原則，至關重要。

　　做好審音工作，首先要確立科學合理的審音原則，然後在充分掌握材料的基礎上進行。這裏的「材料」，當然包括書籍字典等文獻材料中記載的讀音，也包括科學的語言調查得來的現實讀音。審音不能缺少充分的語言調查；也就是說，一個字大家到底怎麼讀，多少人讀若甲，多少人讀若乙，不同年齡層次和不同地區的人讀法有何不同等等，要明明白白查清楚。語言調查的目的，是在於摸清某個讀音在現實語言環境中的流行程度。沒有這種細緻的摸底工作，審音的對象就是模糊的，審音得到的結果也就難以服眾。

　　審音的目的是規範語言，樹立標準，以利日常交流和方言保育。據我所知，上世紀九十年代初，省港兩地曾經進行過一次較大規模的審音工作①，取得了一些成果，但是就現在的情況來看，並沒有有效減少讀音

---

①參看詹伯慧《關於廣州話審音問題的思考》（《中國語文通訊》，一九九〇年十一月）和張雙慶《廣州話的審音工作》（《中國語文通訊》，一九九三年九月）。

混亂。這裏面除了審音工作本身不夠完善（例如，語言調查做得不夠）之外，還有一個重要原因，就是審音得來的成果沒有固定成為語言標準和規範；學校教學和媒體播音，仍然按照自己的一套讀音，沒有執行共同的標準。審而不定，做不到「一錘定音」，則審音工作的成效便大打折扣。

《千字文》與我

我出生在河北省石家莊市，是八零後。我的專業是經濟學，博士畢業之後在美國波士頓工作。經濟學現在一般被人們看作理科，不過在我的自我認知裏，從小到大我都是一個典型的文科生，一直對語言、文學、哲學等有特別的興趣。高二時文理分科選了文科，進入了文科班；大學本科讀了文理兼收的經濟學，卻在大三選了最偏文科的「政治經濟學」方向；後來到美國讀經濟學博士，也「不務正業」地上了四年希臘文和拉丁文的課程。

當年在河北大學讀本科，我有機會到其他專業旁聽不少課程（主要是中西文學史、哲學史），筆記寫了好幾本；哲學系和中文系的一些老師[1]恐怕還記得我這個從來不缺課的陌生人。大二下學期上了詩詞格律概論這門課，授課老師是著名的杜甫專家韓成武先生。詩詞格律的核心

---

[1]老師們對我這個外系的學生，一視同仁，甚至格外照顧。關於這些可愛可敬的老師們（河北大學和北卡州立大學），實在值得另寫一篇長文，以表我的感激之情。

內容之一，便是近體詩的平仄，因而涉及到入聲字的識別問題。後來知道，粵語保留入聲非常完整，掌握粵語可以作為識別入聲字的好辦法，再加上我本身對於語言學習的興趣，我便開始學習廣州話。這一學便一發不可收拾，又引來了對其他方言、語言甚至音韻學的興趣。

　　我的感覺是，「有言有文」（有錄音有文字）的語料，對方言學習最為有用。因此，當我看到配有粵語朗讀錄音的《千字文》時，非常高興，立刻拿來用作學習材料。後來我向潘先生提出，為千字文加註粵語拼音；潘先生采納了我的建議，在上一版（二〇一二版）加入了拼音。現在這個新的修訂版，相信在質量上又提高不少，內容上也有所豐富。潘先生和我衷心希望這本書能得到讀者的喜愛和支持，也懇請廣大讀者對不足之處提出意見，以利不斷改進。

楊浩石

二〇一九年九月五日

於美國波士頓

《次韻王羲之書千字》

梁員外散騎侍郎周興嗣次韻

天地玄黃，宇宙洪荒。日月盈昃，辰宿列張。

寒來暑往，秋收冬藏。閏餘成歲，律呂調陽。

雲騰致雨，露結為霜。金生麗水，玉出崑岡。

劍號巨闕，珠稱夜光。果珍李柰，菜重芥薑。

海鹹河淡，鱗潛羽翔。龍師火帝，鳥官人皇。

始制文字，乃服衣裳。推位讓國，有虞陶唐。

弔民伐罪，周發商湯。坐朝問道，垂拱平章。

愛育黎首，臣伏戎羌。遐邇壹體，率賓歸王。

鳴鳳在竹，白駒食場。化被草木，賴及萬方。

（以上第一章）

蓋此身髮，四大五常。恭惟鞠養，豈敢毀傷？

女慕貞絜，男效才良。知過必改，得能莫忘。

罔談彼短，靡恃己長。信使可覆，器欲難量。

墨悲絲染，詩讚羔羊。景行維賢，克念作聖。

德建名立，形端表正。空谷傳聲，虛堂習聽。

禍因惡積，福緣善慶。尺璧非寶，寸陰是競。

資父事君，曰嚴與敬。孝當竭力，忠則盡命。

臨深履薄，夙興溫凊。似蘭斯馨，如松之盛。

川流不息，淵澄取映。容止若思，言辭安定。

篤初誠美，慎終宜令。榮業所基，籍甚無竟。

學優登仕，攝職從政。存以甘棠，去而益詠。

樂殊貴賤，禮別尊卑。上和下睦，夫唱婦隨。

外受傅訓，入奉母儀。諸姑伯叔，猶子比兒。

孔懷兄弟，同氣連枝。交友投分，切磨箴規。

仁慈隱惻，造次弗離。節義廉退，顛沛匪虧。

性靜情逸，心動神疲。守真志滿，逐物意移。

堅持雅操，好爵自縻。

（以上第二章）

都邑華夏，東西二京。背邙面洛，浮渭據涇。

宮殿盤鬱，樓觀飛驚。圖寫禽獸，畫綵仙靈。

丙舍傍啟，甲帳對楹。肆筵設席，鼓瑟吹笙。

陞階納陛，弁轉疑星。右通廣內，左達承明。

既集墳典，亦聚群英。杜稿鍾隸，漆書壁經。

府羅將相，路俠槐卿。戶封八縣，家給千兵。

高冠陪輦，驅轂振纓。世祿侈富，車駕肥輕。

策功茂實，勒碑刻銘。磻溪伊尹，佐時阿衡。

奄宅曲阜，微旦孰營。桓公匡合，濟弱扶傾。

綺迴漢惠，說感武丁。俊乂密勿，多士寔寧。

晉楚更霸，趙魏困橫。假途滅虢，踐土會盟。

何遵約法，韓弊煩刑。起翦頗牧，用軍最精。

宣威沙漠，馳譽丹青。九州禹跡，百郡秦并。

嶽宗泰岱，禪主云亭。雁門紫塞，雞田赤城。

昆池碣石，鉅野洞庭。曠遠綿邈，巖岫杳冥。

（以上第三章）

治本於農，務茲稼穡。俶載南畝，我藝黍稷。

稅熟貢新，勸賞黜陟。孟軻敦素，史魚秉直。

庶幾中庸，勞謙謹敕。聆音察理，鑑貌辨色。

貽厥嘉猷，勉其祗植。省躬譏誡，寵增抗極。

殆辱近恥，林皋幸即。兩疏見機，解組誰逼？

索居閒處，沉默寂寥。求古尋論，散慮逍遙。

欣奏累遣，慼謝歡招。渠荷的歷，園莽抽條。

21

枇杷晚翠，梧桐早凋。陳根委翳，落葉飄颻。

遊鯤獨運，凌摩絳霄。耽讀翫市，寓目囊箱。

易輶攸畏，屬耳垣牆。具膳餐飯，適口充腸。

飽飫烹宰，飢厭糟糠。親戚故舊，老少異糧。

妾御績紡，侍巾帷房。紈扇圓潔，銀燭煒煌。

晝眠夕寐，藍筍象床。絃歌酒讌，接杯舉觴。

矯手頓足，悅豫且康。嫡後嗣續，祭祀蒸嘗。

稽顙再拜，悚懼恐惶。牋牒簡要，顧答審詳。

骸垢想浴，執熱願涼。驢騾犢特，駭躍超驤。

誅斬賊盜，捕獲叛亡。布射僚丸，嵇琴阮嘯。

恬筆倫紙，鈞巧任釣。釋紛利俗，並皆佳妙。

毛施淑姿，工顰妍笑。年矢每催，曦暉朗曜。

璇璣懸斡，晦魄環照。指薪修祜，永綏吉劭。

矩步引領，俯仰廊廟。束帶矜莊，徘徊瞻眺。

孤陋寡聞，愚蒙等誚。謂語助者，焉哉乎也。

（以上第四章）

《千字文》第一章註譯

天地玄黃，宇宙洪荒。

　　語譯：「天黑色而地黃色，人生於天地之間。天地開闢之初，非常廣大而人跡稀少。」

天與地

　　千字文的第一段先談及人類居住的環境，一開始先說天與地，晚上的天空是黑色（玄）而地上的泥土是黃色。

　　中國文化中並沒有一個人格化的創世者、造物主，但是這並不代表古人不敬畏大自然的力量。中國人對天與地都有深厚感情，以往讀書人都力求效法天地的德行。如《易傳・大象》：「天行健，君子以自彊（通強）不息。」又云：「地勢坤，君子以厚德載物。」古人認為自然界的一切運作都由「天」所掌控，「天」其實包含了自然界運行的法則。例如晝夜更替，季候變遷都不會停止，因此君子要效法上天的「自強不息」；至於人和禽獸日用所需都來自大地，因此古人認為大地負載萬物，君子要效法大地的「厚德載物」。「地」其實包含了我們人類居住的環境。

　　陰陽學說是中國傳統哲學的重要一環，古人認為萬物都可以分陰陽。天屬陽，地屬陰。天地孕育萬物，而人又由父母所生，父屬

陽，母屬陰，因此便常以天地來比喻父母。

習俗在靈堂之上必定掛有死者子女的祭帳，上書「昊天罔極」四字，出自《詩·小雅·蓼莪》（蓼莪粵音綠luk9娥ngo4），表示父母的親恩如天之大（昊粵音浩hou6，即是大）而沒有（罔即是無）邊際（極）。另外又必有「劬（粵音渠keoi4）勞未報」的祭帳，亦是出自這首詩：「哀哀父母，生我劬勞。」幾年前在朋友家中見到一碑文拓片的影印本，寫有「敬父如天，敬母如地」八個大字，都是這個意思。

故此周興嗣以天地作為千字文的開始。

黃土地

「地」不一定是黃色，但是在中國華北地區的土地以黃土質居多，這裏又是華夏文化的發祥地，所以中國人歷來都以黃色代表「土地」。華北地區黃土面積約為六十萬平方公里，厚度一般有二三十公尺，最厚的更有二百公尺厚。黃土的特性是顆粒細微，十分鬆散，在乾燥時堅實，但遇水浸潤後很易崩解。黃河的河水混濁，含沙量高而經常出現淤塞，就是與黃河中游黃土的土質和水土流失有關。

若以土的顏色分類，還有黑土和紅土。中國東北地區多黑土，它的特性是有機質含量較多，表層鬆而通氣透水，易於耕作。紅土一般含鋁（aluminum）質較高，在長江以南的丘陵地多含有紅土，瘠薄而不適宜耕種。

漢字各有本義

　　今天我們一說到「宇宙」，一定會聯想到外太空或銀河系，這個自然是受了英語中 universe 一字的影響，但是中文裏「宇宙」的本義卻不是這樣。唐代大詩人杜甫有詩云：「諸葛大名垂宇宙。」這並不是說三國時蜀國丞相諸葛亮的大名連銀河系、外太空的生物也認識。其實「宇」是指上下四方，「宙」是指古往今來。一言空間（粵音艱gaan1），一說時間（粵音諫gaan3）。

　　近代中西文化交流，許多歐美文化的概念傳入中國，難免要用中文原有的詞彙來表達這些外來的知識，弄不清楚的話，讀中國古詩文時就易生混淆。現代漢語中「宙」比「宇」較少用處，「寰宇」一詞即是全地球或世界各地的意思。

　　「洪」①即是大，故此大水災又可稱為洪水，基督教的《舊約全書‧創世記》就有洪水的記載。「荒」即是荒蕪，荒蕪兩字都從「艸」，即是田地長滿了雜草而無人修治，比喻人跡不多。此外「荒荒」又可解作黯淡而無邊際。這兩句是指天地初開之時，世界極其廣大而少人跡。

---

① 「洪」字的本義為「大水」，常用詞「山洪」、「洪峰」等都取此義，1999年初版解說未夠精確。

宇宙與時空觀念

時下一般人將所謂「第四度空間」（forth dimension）與時間混淆。

常有人問有沒有「四度空間」存在，他們其實在問可不可以進行「時間旅行」（Time travel）。

人類用兩腳直立，又受地球引力的影響，於是發展出三維空間（Three dimensional space，或稱三度空間、三次元）的觀念，即是長，闊和高。螞蟻之類的小動物，較不受地心吸力影響，牠們的空間感就比較近於「二次元」。

在運動學（kinematics）裏面用了頭三個維度（dimension）來表示長、闊、高三度空間位置，於是再用第四維度（forth dimension）來代表時間，「第四度空間」與時間的混淆就源於此，其實dimension在此應譯成「維度」或「次元」。

在數學上的應用，超過「四次元」是平常事，但是卻不容易用空間觀念去理解，因為數學上常用的直角坐標系至多只能表達三度空間。

常人的時間觀念是「一次元」的，分成過去、現在和未來三方面。其實每一個「次元」代表一個變數，沒有適當的物理學基礎知識，較難以理解多次元的時間觀念。讀者可以參考一些「相對論」入門的書。

盤古開天闢地的傳說

上文說及「天地初開」，這個說法起源於盤古開天闢地的傳說。

一般的說法，是未分的時候，混沌如雞蛋，盤古生在其中。他隨手拿到一柄斧頭，用力一揮，天地就分開了。自此，天日高一丈，地日厚一丈，盤古日長一丈。盤古活到一萬八千歲，死後身體的各個部分便化成日、月、山、河、草、木。

日月盈昃，辰宿列張。

語譯：「日和月是天上最大的天體，太陽每天升降有序，月亮亦盈虧有定。星辰在天上張佈排列，分在十二辰。」

日月星辰

地球上所有生物的作息都受晝夜影響，古人「日出而作，日入而息」。現代人經常在晚間工作，那是由於科技日益演進，人類的經濟活動變成晝夜不停。

晚上工作和活動，需要有適當的照明設備，西方人有一種說法，謂在工業革命（Industrial Revolution）之前，人類「受日光統治」（ruled by the sun），之後則變成「受時鐘統治」（ruled by the clock）。工業革命以後，人類日用所需常以大規模生產，工廠

出現輪班制度，日夜不停地運作。現代人對此習以為常，不知道古人須要「挑燈夜讀」。

「日」即是太陽，「月」即是月亮，「盈」是滿盈，「昃」是日偏西。

月盈是指滿月，日昃（粵音則zak7）是指太陽開始偏西。日昃月盈，代表天上兩大天體運行的規律。太陽每天升降有序，月亮亦盈虧有定。前文不說「天玄地黃」而說「天地玄黃」，此處不說「日昃月盈」而說「日月盈昃」，都是為了遷就文字的韻律，可見中文的語法很自由靈活，並非一成不變。

天上的星可以分為恆星（star）和行星（planet）兩種。恆星恆定不動，能發出光和熱；行星卻圍繞恆星運行不息。恆星既是全不移動，在漆黑的夜空中，就變成了方便地上人類辨認日月行星運行位置的標記。

中國華北地區風沙比較多，方便古人在日間用肉眼觀測太陽而不致於被陽光灼傷眼睛。古人對天文現象既感神秘亦很重視，因此古代天文學是較早發展的科學，古人曾經以有限的器材，作大量觀測。

太陽和月亮是天空上最大的兩個天體，古人很早就認識到太陽和月亮對人類生活有極大影響。月球繞地球而轉，地球繞太陽而轉，但是在地球上觀測，卻會感到日月都在天上運行。

除了太陽和月亮之外，古人早已觀測到天上五個重要行星，

即水星（Mercury，中國古稱為辰星）、金星（Venus，中國古稱為太白）、火星（Mars，中國古稱熒惑）、木星（Jupiter中國古稱歲星）、土星（Saturn，中國古稱鎮星）。五星再加上天王星（Uranus，1781年被發現），海王星（Neptune，1846年被發現），冥王星 ① （Pluto，1930被發現）和我們居住的地球（Earth）合稱九大行星。

辰有幾個解法，有說是「三辰」，即日、月、星；有說指「北辰」，即是北極星，見《論語・為政》：「譬若北辰，居其所，眾星共之。」中國文字自來都是由簡變繁，絕不是一些盲目鼓吹漢字拼音化的人所說由繁而簡，我們多讀一點古書便知，此處「共」同「拱」，「共」字分化出後來的「拱」。北極星在天空上不動，人在地上觀看會感覺到其餘眾星繞著北極星轉動，拱衛著它，所以古人以天上的北極星代表人世間的君主。西方把北極星編入小熊座（Ursa Minor），北極星即是小熊的尾巴。

十二辰

辰又代表「十二辰」，即是壽星，大火，析木，星紀，玄枵（粵音囂hiu1），諏訾（粵音周子zau1 zi2），降婁（粵音留

---

①二零零六年，有一些天文學家提議在新的定義之下，將冥王星剔除出「行星」之列。

lau4），大梁，實沈，鶉首，鶉火，鶉尾等。古人以歲星（即木星Jupiter）運行一周天（即是繞日一次，但肉眼感覺是木星繞地球一周）需時約為十二年。古人便將日月五星在天上運行的區域分成十二等分，便是「十二辰」。

人在地球上觀測太陽，在視覺上好像太陽環繞地球運行，到了十六世紀波蘭天文學家哥白尼（Copernicus 1473-1543）才首次提出「日心說」。人在地面觀天，視覺上太陽的「軌跡」（Locus）稱為「黃道」（Elliptic）。將黃道分為十二等分就是十二辰（一說十二辰以天赤道 Celestial Equator 劃分），十二辰類似西方的黃道十二宮。古代的中國人和世界上其他古文明都是活在同一個天空之下，但是人們對天上星辰的感受卻因中外不同文化而異。

西方的黃道十二宮源出巴比倫，即天秤（Libra又稱天平，秤粵音如稱職的「稱」cing3），天蠍（Scorpio），人馬（Sagittarius，又稱天箭），磨羯（Capricorn，又稱山羊、魔羯），寶瓶（Aquarius，又稱水瓶），雙魚（Pisces），白羊（Aries，又稱牡羊），金牛（Taurus），雙子（Gemini），巨蟹（Cancer），獅子（Leo），處女（Virgo，又稱室女）。這些名字在報章上的「星座運程」中很常見，其實這些所謂「星座運程」並沒有確實的依據，不足為信。西方習慣以白羊宮為首，中國習慣以壽星為首。壽星略等於天秤宮，大火略等於天蠍宮，餘此類推。

二十八宿

宿（粵音蕭suk7）① 是指二十八宿，即是東方青龍七宿，角、亢、氐（粵音低dai1）、房、心、尾、箕（粵音基gei1）；北方玄武七宿，斗、牛、女、虛、危、室、壁；西方白虎七宿，奎（粵音灰fui1）、婁、胃、昴昴（粵音牡mauu5）、畢、觜（粵音茲zi1）、參（粵音心sam1）；南方朱雀七宿，井、鬼、柳、星、張、翼、軫（粵音診can2）。青龍七宿又相當於壽星、大火、析木三辰；星紀至諏訾三辰相當於玄武，降婁至實沈三辰相當於白虎；鶉首至鶉尾三辰相當於朱雀。青龍，白虎，朱雀，玄武（玄即是蛇，武即是龜）又合稱四象。十二辰，十二宮，四象，二十八宿等等名目都是古人觀測天象之後，以豐富的想像力，給天上的恆星命名的結果。

「列張」是指陳列張佈的意思。

---

①關於「星宿」的「宿」，審音討論見附錄。

寒來暑往，秋收冬藏。

語譯：「日照長短變動形成寒暑，人依照四時推移，安排農業活動，春生、夏長、秋收、冬藏。」

季節的劃分與由來

簡而言之，寒代表冬天而暑代表夏天，秋天是農作物收成的季節，冬天寒冷，不適宜作生產活動，將物資貯藏起來，等候春天重臨。古人認為春生、夏長、秋收、冬藏，這裏為了省文，略去了前半。

中文裏的「時」「候」「季」「節」「寒」「暑」等字本來都有十分嚴格的定義①，不能用日常的季節（Season）或季候風（Monsoon）等近代的詞語去理解。

「時」是春、夏、秋、冬四時。

「候」是七十二候，二十四節氣中每一節氣有三候。

「季」是指每「時」的第三個月，即中國曆法中「建辰之月」「建未之月」「建戌之月」和「建丑之月」，因有「四季月」的說法；現在我們說「四季」，則是指春夏秋冬這「四時」。

「節」是二十四節氣。

----

①初版對此解釋不夠清楚。應該補充如下：「古代漢語」以「單音節詞」（即單字詞）為主，單音節詞的古義、本義大多定義嚴格；「現代漢語」以「多音節詞」（即多字詞，又以雙字詞最多）為主，當中不少翻譯自外語，組成這個「多音節詞」的單字，未必盡依古義、本義。

「寒」是二十四節氣中的「大寒」。

「暑」是二十四節氣中的「大暑」。

木星的繞日周期事實上只有 11.86 年，當作12年的話誤差便會很大。因此用木星位置定時的方法很快就被太陽周期的方法來代替。太陽周期以冬至（Winter Solstice）和夏至（Summer Solstice）最易測定，因為冬至日的日照時間最短而夏至日則最長。

中國人傳統上又最重視冬至，到今天香港人仍然保留「冬大過年」的習俗。原來中國傳統重陽輕陰，日光照耀代表陽，冬至當日雖然日照最短，但是此後每日的日照時間漸長，象徵陽氣日漸長大，所以最受重視。夏至當日雖然日照最長，但是此後每日日照漸短，便是陰氣日盛。夏至與冬至之間，又有春分（Vernal Equinox）和秋分（Autumnal Equinox）兩個特別的日子，取晝夜中分的意思，這兩天全球晝夜等長，我們自小就聽過太陽每日在東方升起在西方下山。原來太陽在正東方升起，正西方下降只有在春分和秋分這兩日發生，一年中的其餘日子太陽的升降都不是在正東和正西。西方人最重視春分，認為這一日是春天的開始，故此黃道十二宮以白羊宮為首，因為在三千年前定出黃道十二宮時，太陽在春分日進入白羊宮。

這二分二至的現象正因地軸與黃道並非垂直，而是大約以二十三度半傾側所造成，地球上有熱帶、溫帶、寒帶的區分和春夏秋冬等四時變遷都是地軸傾斜的結果。中國人又依照太陽在黃道上

的位置將二分二至擴充為二十四節氣，即是立春，雨水，驚蟄（粵音直zik9），春分，清明，穀雨；立夏，小滿，芒種，夏至，小暑，大暑；立秋，處暑，白露，秋分，寒露，霜降；立冬，小雪，大雪，冬至，小寒，大寒。所謂「寒來暑往」就是指二十四節氣中的小寒大寒和小暑大暑。簡單來說一寒一暑就是一年。

記憶這二十四節氣有一口訣：「春雨驚春清穀天，夏滿芒夏暑相連，秋處露秋寒霜降，冬雪雪冬寒更寒。」

閏餘成歲，律呂調陽。

語譯：「寒暑一度是為一歲，月圓月缺為一月，一歲等於十二個月有餘，多年來累積成為閏月。音樂上不同的律呂可以測定節氣，調節陰陽。」

公曆閏年

天文學是文明之始，天文曆法又是文明的表徵，因為編定曆法須要靠高科技觀測天象。

中國的夏曆為陰陽合曆，結合太陽曆（以太陽周期定年，如現行的公曆）和太陰曆（以月球繞日的周期定月，如回回曆）的特點。地球環繞太陽一周需時約三百六十五日五時四十八分四十六秒，即是 365.2422 日，稱為一「回歸年」（tropical year）。

34

於是乎一年有三百六十五日便太少，但是有三百六十六日又太多。

「儒略曆」（Julian calendar 即舊公曆）卻規定每四年一閏，即是每四年之中，有三年是平年（common year），平年只有三百六十五日；第四年是閏年（leap year，在年份為四的倍數），就多了一日，如此一來每年便平均有 365.25 日。這個曆法以羅馬帝國的獨裁者儒略．凱撒（Julius Caesar 100 BC - 44 BC）命名。但與真實時間比較，每年卻仍是多了 0.0078 日，約為十一分十四秒。積少成多，每一百二十八年就要偏差整整一日。

現行公曆是格力哥理曆（Gregorian calendar），由天主教（Catholic Church）的羅馬教皇格力哥理八世在一五八三年頒佈推行。公曆平年三百六十五日，閏年則為三百六十六日，每四百年置九十七閏，而不是常人以為的每四年一閏。

置閏的方法基本上每四年有一次閏年，公曆年份可以被四除盡的一年為閏年，閏年的二月共有二十九日，比平年多了一日。但是年份可被一百除盡但不能被四百除盡的是例外，如一七〇〇、一八〇〇和一九〇〇都不是閏年，二〇〇〇年卻是閏年。因為我們當中大概不會有人可以活到二一〇〇年，所以說公曆每四年一閏大致上也不能算錯。

公元（舊稱西元）紀年以耶穌基督（Jesus Christ）出生為據，其出生前為公元前（英文為Before Christ，即「基督生前」，簡寫

為 BC），其出生後為公元（拉丁文為Anno Domini，意即「我主之年」，簡寫為 AD）。一般習慣公元前的年份必須標明，公元後則可以省略。

此外又要知道所謂「世紀」（century），每一世紀是一百年，如一九○一至二○○○年這一百年是「第二十世紀」（the 20th century），簡稱「二十世紀」。公元前一○○○年至公元前九○一年是「公元前第十世紀」。

陰陽合曆

夏曆有兩種「月」。一是「朔望月」（synodic month），即是月亮一個朔望週期。另一是依二十四節氣將一回歸年分為十二份。

《禮記・月令》將一年分為春夏秋冬四「時」，一時又分孟、仲、季三月，每月兩節氣，即是由立春至驚蟄前的孟春之月，驚蟄至清明前的仲春之月等等，直至小寒至立春前的季冬之月。古人又將五行學說與干支納入曆法之中，春天木王（此處王讀作旺，作動詞用，興旺之意），夏火王，秋金王，冬水王，剩下來的土在四季月王，稱為「土王四季」，於是逐漸稱春夏秋冬為「四季」，而「四時」反而較少人用。子丑寅卯辰巳（粵音自zi6）午未申酉戌（粵音恤soet7）亥（粵音害hoi6）等十二地支配十二月，寅月即是孟春之月（以節氣分，不是正月），餘此類推至丑月為季冬之

36

月。此外一節氣又有三候，故此一年共有七十二候。

中國人以「四立」為春夏秋冬四時的開始，但是歐洲人卻以二分二至為四「季」 (Season) 的開始。

以節氣分月對農耕很有用處，但是不便於觀測，於是夏曆的「月」以月亮的盈虧來定，日月合朔為初一，月滿為十五，最近立春的一次晦日（月亮晦暗無光的意思）便是正月初一。但是一個朔望月只有大約二十九日半，十二個月只有約三百五十四日，所以常要加一個閏月，變成一年有十三個月，每十九年七閏。這就是「閏餘成歲」，即是將餘下來的日子置閏，湊足一年。

太陽是地球光和熱的來源，向太陽便是晝，背太陽便是夜，一晝夜合起來即是一天。簡而言之，地球自轉一次便是一日。

除了白晝與黑夜之外，影響動物生活的還有寒暑的變化。夏天氣溫較高，每天日照時間比較長，動物覓食比較容易，生長也較快；冬天氣溫較低，日照時間比較短，覓食也比較困難。寒暑一度便是一「年」。簡而言之，地球繞太陽公轉一次便是一年。

除了太陽之外，天空上另一大天體月亮亦對人類和其他生物有很大的影響。月亮本身不會發光，只能將太陽光反射到地球。而在明月當空的夜晚，人獸的活動力都大大的增強，於是又要再加上月圓月缺的周期為一個「月」。

日月合朔時夜空便出現月缺的現象，就是「朔」，即是月亮在

太陽和地球中間。因為背光，所以月亮便晦暗無光。但假如月亮恰巧遮蔽了日光，就會形成日蝕。

滿月就是「望」，即是地球在太陽和月亮中間。因為整個月亮反射太陽光，所以成為滿月。但假如月亮走進了地球的影子裏，日光便照不到月亮，就會形成月蝕。

夏曆中的「月」就是一次朔望的週期（約二十九日半），初一月缺，十五月圓（間中也有在十六、甚至十七才月圓，但不常見），清楚易記。

西方的「星期」（week）原本也跟朔望有關，原意是將一次朔望分為四分，每分七日，但是誤差實在太大，所以現時公曆的月就完全不能顯示月亮朔望週期。

夏曆的閏月

因此夏曆之中便有兩種「月」，一種是上文提及的「朔望月」（Synodic month），月亮繞地球而造成月圓月缺的周期就是朔望月。朔望月的交接一定在子夜。另一種是依據二十四節氣將一個回歸年分為十二分，每一份也是一個「月」。這種「月」的交接可以在日間，也可以在夜晚。

但是一個朔望月平均只有二十九日十二時四十四分三秒，即29.5306 日。月大三十日，多了 0.4694 日；月小二十九日，少了

0.5306 日。但是總不能與回歸年配合。

$$29.5306 \times 11 = 324.8366$$

$$29.5306 \times 12 = 354.3672$$

$$29.5306 \times 13 = 383.8978$$

一年十二個月便少了 10.8750 日，十三個月又多了 18.6554 日。所以便常見兩次正月初一之間有十三個朔望月的情況，多出來的一個月便是閏月。

每十九個回歸年有七閏，就可以解決問題。即是每十九年有二百三十五個朔望月（十九乘十二再加七）

$$19 \times 365.2422 = 6939.6018 日$$

$$(19 \times 12 + 7) \times 29.5306 = 6939.6910 日$$

十九年七閏之下，多了 0.0892 日，即是二小時八分二十六秒。但是夏曆的月大月小是根據朔望週期而沒有特定法則，每十九年累積的偏差，只要多一個二十九日的小月便可吸收了。

音律與曆法

「律呂」是指十二律呂，相傳中華民族的始祖黃帝命伶倫作律。六律屬陽，即：黃鐘，太簇（粵音束cuk7，如常用成語花團錦簇），姑洗（粵音癬sin2），蕤（粵音睿jeoi6）賓，夷則，亡射（粵音無亦mou4 jik9）。六呂屬陰，即：大呂，夾鐘，中呂，林

鐘，南呂，應鐘。古人又以十二律配十二個回歸月，所以一邊談歲月，又說到音律來。儒家思想傾向於重陽而輕陰，與道家思想傾向於重陰輕陽不同，調陽即是調和陰陽。

陰陽二氣的分量，隨著季節改變。以音律測量節氣是真有其事，《後漢書‧律曆志上》：「冬至陽氣應，則樂均清，景（影）長極，黃鍾通，土灰輕而衝仰。……候氣之法，為室三重，戶閉，塗釁必周，密布緹縵。室中以木為案，每律各一，內庳外高，從其方位，加律其上，以葭莩灰抑其內端，按曆而候之。氣至者灰動。其為氣所動者其灰散，人及風所動者其灰聚。」

重門閉戶又加布縵是為了保證不受風吹影響，葭莩灰則是由蘆葦草燒成的灰。杜甫詩《小至》：「吹葭六管動飛灰。」就是指這事，小至是冬至後一日。

中國的陰陽學說，不可以完全視之為無稽，其實萬物都有一個自然頻率（natural frequency），觸發到這一個自然頻率，就可能有意想不到的事情發生。

例如一九四〇年，美國華盛頓州的托卡馬海峽大橋（Tacoma Narrows Bridge），就因為受到一股時速只有六十公里的風吹襲，引起機械共振（mechanical resonance），全長八百五十三公尺的大橋斷成數截。當時工程學界對於空氣動力學（aerodynamic）的認識不深，這次事故之後所有大型建築都要考慮空氣動力的問題。

雲騰致雨，露結為霜。

語譯：「天上的雲騰動而導致降雨，露水因為天氣寒冷、氣溫下降而凝固為霜。」

水循環

太陽和月亮的運行對人的生活有很大的影響，如「日出而作，日入而息」，「秋收冬藏」等等即是，除此之外凡是生物都要有水才可以過活，所以周興嗣說過了日月，就談一些自然現象，就是我們今天所知的「水循環」。地面上的水受熱力蒸騰，便化為水汽向上升，升到天空上一定的高度就凝結成雲，雲積到一定的厚度和重量，又會降到地上成雨。

對仗

對仗是中國韻文的特色，因為漢字一字一音，韻文的句子結構可以用相同的字數，因為字數相同，就可以做到前後兩句之間相應的單字和複詞前後對應。雲對露、騰對結、致對為、雨對霜。前文每兩句都對仗，如天地對宇宙、日月對星宿、寒暑對秋冬等等。

「騰」是騰動，「結」是凝結，「致」是導致，「為」是化為、變為。騰字從馬，原本是形容馬奔跑時的雄姿，奔騰又可以用來形容移動快速的事物。

金生麗水，玉出崑岡。劍號巨闕，珠稱夜光。

果珍李奈，菜重芥薑。海鹹河淡，鱗潛羽翔。

　　語譯：「金生產於麗水，玉出產於崑岡。有利劍名為巨闕；有寶珠稱為夜光。果類之中，李和奈最受人珍視；菜類之中，芥和薑最被人看重。海水味鹹而河水味淡。水族魚類會潛泳，鳥類則可在天空飛翔。」

各種物產

　　講過天地和氣候，便到物產。

　　金對玉、生對出、麗水對崑岡，「金生麗水」即是「金生於麗水」。

　　麗水即是今天雲南省麗水縣附近的麗江，崑岡在崑崙山。金與玉都是貴重的礦物。上等的玉質地堅硬而不耐撞擊，又常用作比喻人高貴的品質，如「崑山片玉」是讚美人才難得而可貴，而「守身如守玉」就比喻人的名節如玉一樣貴重但是容易受損，要細心守護。

　　巨闕是上古有名的寶劍；夜光珠是在黑暗中可以自身發光的明珠。關於「奈」，據舊版《辭海》考證，說即是蘋果。新版《辭海》則說奈即是花紅（crab apple），與蘋果都屬薔薇科，果實的顏色黃或紅，產於黃河長江一帶，味道似蘋果而較酸，體積較小。

　　魚類有鱗片，所以用一個「鱗」字代表，修辭上稱為「借

代」；鳥類有羽毛，亦用一個「羽」字代表。例如宋代范仲淹的《岳陽樓記》有：「沙鷗翔集，錦鱗游泳。」錦鱗就是魚。

音韻學簡介

這幾句用了許多對仗工整的寫法，稱為「排偶句」。寫白話文不必刻意學寫對仗句，但是平日多學對仗句，在作文時就有許多近義詞可用，行文就不會枯燥乏味。

千字文屬於四言韻文，脫胎於《詩經》的四言詩，每兩句的最後一字大都協韻（或寫作「叶韻」）；如荒、張、藏、陽、霜、崗、光、薑、翔。文字協韻則便於背誦；近代的新詩和白話文大都難以背誦，要推廣普及反而不容易。

今天香港的中學生在英文課都有學習語音學（phonetics），但是中文課卻沒有教授最基本的音韻學。我覺得只在大學的中文系才教授音韻學是香港語文教育的一大缺失。其實簡單的音韻學是一般初中學生也能夠輕易掌握的。

音韻學又稱聲韻學，主要研究漢語中的「聲」「韻」「調」，也就是所謂「聲母」「韻母」「聲調」。本書開頭1-2頁的三個表格，總結了粵語廣州話的主要音韻特點。本節餘下的內容，可以結合這些表格來閱讀。

「聲」是指聲母，是韻母前的輔音。如巴（baa1）、斑

（baan1）、跛（bai1）、崩（bang1）等字的粵音聲母相同，都是粵語拼音中的[b]。其餘的聲母總結在書前的聲母表中。

「韻」是指韻母。挨（ngaai1）、獃（daai1）、齋（zaai1）、佳（gaai1）等字的粵音韻母相同，都是粵語拼音中的[aai]。在書前的韻母表中，上方是例字，下方是例字的韻母。比如，「麻花」兩個字，拼音記作[maa4 faa1]；兩個字聲母不同，但韻母都是[aa]。

「調」是聲調，指聲音的高低、升降、長短。漢語的一個字（一個音節）除了有聲母和韻母之外，還有聲調①。上舉諸例中，拼音末尾的數字，即表示聲調。聲調不同的音節，即使聲母韻母都相同，也代表不同的意思。從傳統上來說，漢語有平、上（粵音soeng5，即「上山」的「上」）、去、入四聲②。當代粵語廣州話，一般認為有九個聲調，即平上去入各分陰陽，再加上中入聲。在廣州話中，陰聲較高而陽聲較低。讀者可以根據下面的例子自己體會不同聲調的分別：

---

①西方語音學一般只用聲調來表示說話時不同的語氣，但是漢語中同一音節的不同聲調卻通常代表截然不同的意思。故此外國人學漢語、尤其是粵語，都會覺得聲調難於掌握。

②這裡的四聲是「歷時語言學」對漢語聲調的描述，不可與普通話（現代漢語的通用語）的「陰陽上去」四聲相混淆。「平上去入」四聲的分別，可以用以下口訣來概括：「平聲平道莫低昂，上聲高呼猛烈強，去聲分明哀遠道，入聲短促急收藏。」

(a) 「芬」 (fan1)、「焚」 (fan4) 兩個字, 聲母都是f, 韻母都是an, 但是聲調卻完全不同, 前者是高平聲 (所謂「陰平」), 後者是低平聲 (所謂「陽平」)。

(b) 「粉」 (fan2)、「奮」 (fan5) 兩個字, 聲音都由低向高, 都是「上聲」 (取自下而「上」的意思), 但前者整體音調較高 (所謂「陰上」), 後者整體音調較低 (所謂「陽上」)。

(c) 「訓」 (fan3)、「份」 (fan6) 兩個字, 聲音都比較平, 或略有下降, 二者都是「去聲」, 但前者音調相对較高 (所謂「陰去」), 後者音調相对較低 (所謂「陽去」)。

(d) 「忽」 (fat7)、「發」 (faat8)、「佛」 (fat9) 三个字, 都是入聲字, 分別屬於「陰入」、「中入」、「陽入」。其中陰入最高, 陽入最低, 中入居中。常見的入聲字還有「塞」 (sak7, 陰入)、「殺」 (saat8, 中入)、「十」 (sap9, 陽入)。與前述 (a)、 (b)、 (c) 三類聲調 (統稱「舒聲」) 相比, 入聲發音較短促, 並且一定以-p、-t、-k三個輔音之一收尾。

廣州話九個聲調的特點, 總結在書前的聲調表中。完整而系統地保留入聲和與之對應的入聲韻尾 (-k, -t, -p), 是粵方言的一大特點。多數漢語方言發展到今天, 無論南北, 都不同程度地經歷了入聲逐漸走向消亡的過程。例如, 現行國語 (普通話) 是以北方方言

為基礎，以北京音為標準音的標準語。以北京話為代表的北方官話方言，一般來說入聲已經完全消失，並且按照一定規律歸併到平上去三聲當中（所謂「入派三聲」）。加之北京附近地區在歷史上長期受北方少數民族統治①，多種語言頻繁交流碰撞，可能在一定程度上加速了北方官話方言入聲消失的進程②。

粵語卻非常古雅，與中古漢語的音韻有更嚴整的對應。這是因為廣東遠離京師，所謂「山高皇帝遠」，許多音韻上的存古特徵便能夠保留下來。故此用粵語念誦唐詩宋詞，往往比起用國語更能保存原來的神韻。例如晚唐大詩人杜牧的《阿房宮賦》：「六王畢，四海一，蜀山兀，阿房出。」文章的頭四句都用入聲字作結，用粵語念誦會因收音短促而覺得緊湊有力，而用國語念誦就顯得軟弱無力。又如杜甫的代表作《自京赴奉先縣詠懷五百字》，通篇押入聲韻，保留入聲的粵語便更能凸顯杜甫「沉鬱頓挫」的特點。

另外，除平聲外的「上去入」三聲又合稱為「仄聲」。詩、詞、對聯等等所謂韻文，都要遵從平仄的規定。詩詞的平仄、押

---

①北京附近地區，在唐代安史之亂以後即由胡人節度使控制，直至唐亡。五代後晉石敬瑭割燕雲十六州與遼國，後來金滅遼，蒙古滅金。因此，自唐代中葉直至元亡的數百年間，北京地區都不屬漢族政權管治，當地方言難免大受少數民族影響。

②又如，現今大部分的湘語方言，入聲作為獨立的調類得以保留，但已經失卻了發音短促和韻尾收塞音的特點；今天的閩南語，白讀中的許多入聲韻尾已經退化為-h尾，並且已經呈現出廣泛的舒聲化趨勢。

韻、對仗，統稱為詩詞格律，是一門專門的學問。近年來有許多人未辨平仄，不識韻律，就學人寫起「格律詩」來，許多作品充其量只能算是「五字或七字一句的散文」而已，不免貽笑大方。

現代人學聲韻，不必再用反切，故此不作介紹。要普及聲韻知識應該善用拼音符號，提高學習效率。

孔孟與四書五經

《千字文》的體裁是四言詩，這種文體出自現存中國最早的詩集《詩經》。《詩經》是儒家重要典籍「五經」之一，而儒家思想是中國傳統學術思想派別中最重要的一派。「五經」和「四書」是作為一個中國讀書人不可不知的典籍。

儒家最重要的代表人物是有「萬世師表」之稱的孔子 (551 BC - 479 BC)，他是春秋時的魯國人，名丘，字仲尼。

「五經」是《詩》《書》《禮》《易》《春秋》。

《詩經》是周代的「詩集」，作品的年代大概在公元前十一世紀至公元前六世紀左右，大部份是四言詩。因為是二三千年前的作品，比較深奧而難讀，對《詩》有興趣的話，可先從唐詩入手。《詩經》雖然難讀，但是一些優美片段仍是人所熟知。如《詩.周南.關睢》：「窈窕淑女，君子好逑。」描寫男女之間互相愛慕。又如《詩.召南.鵲巢》：「維鵲有巢，維鳩居之。之子于歸，百

兩御之。」寫男女婚嫁。「鵲巢鳩佔」這個常用成語，現在已變成了貶詞。「之子于歸」就仍是形容女兒出嫁。

《書經》又名《尚書》，內容大部份是古代官方檔案。

《禮經》共有所謂三禮，即《周禮》《儀禮》《禮記》。其中《禮記》是孔子門徒追述孔子生前的言行，比較重要。

《易經》是占筮用的書，應用上大概與今天占紙牌之類的書性質相近。但是《易經》在哲理上卻具含極高深的思想，在天地和人事等方面發揮，在孔子之後成為儒家的重要典籍，更號稱為「群經之首」。

《春秋》是春秋時魯國的官方歷史紀錄，內容非常簡練。「春秋三傳」是《春秋》的註解，即是《左傳》，《公羊傳》和《穀梁傳》。當中以《左傳》最為重要。「傳」音zyun6（傳記的「傳」），是編纂、註解的意思。

「四書」是《論語》《孟子》《中庸》和《大學》。

《論語》是孔子應答弟子和時人的記錄。《孟子》是戰國時的儒家學者孟軻（372 BC-289 BC）的政論以及人生哲學，宋朝以後，孟子被認為是孔子之後儒家最重要的人物。《中庸》和《大學》原本是《禮記》中的兩篇文章，南宋時學者朱熹將這兩書兩文合刊，稱為《四子書》，簡稱《四書》。「四子」指孔子、曾子、子思、孟子。

以上「四書」「五經」之中，《易經》和《書經》的文辭比較深奧，現代的年青人只要知道有這兩部書，或者讀一些片段已足夠。《論語》則最為要緊，應該盡量多讀，即使讀一些白話文譯本也有益處。此外再略為讀一點《孟子》《詩經》《禮記》和《春秋左氏傳》則更佳。

龍師火帝，鳥官人皇。始制文字，乃服衣裳。

推位讓國，有虞陶唐。弔民伐罪，周發商湯。

　　語譯：「三皇五帝是傳說中的上古賢君，龍師、火帝、鳥官和人皇是其中四位。相傳軒轅黃帝是中華民族的始祖，他在位時命令倉頡製造文字、胡曹製造衣服。黃帝以後出現帝堯陶唐氏和帝舜有虞氏兩位賢君，他們都在年老時捨棄帝位，將天下共主的地位讓給賢能而不傳給自己的兒子。至於建立商朝的成湯和建立周朝的武王姬發，則都是以諸侯的身份興兵討伐暴君、慰撫黎民，成為新的天子。」

上古賢君

　　第一段談過天文地理，第二段談上古歷史傳說中的賢君。人類文明的演進在最初期必然沒有文字，古代的文明社會在發明文字之後才可以補記上代歷史，故此世界各國的上古史必定有濃厚的神話色彩和傳說成份。中國上古史有所謂「三皇五帝」的傳說，所謂三皇五帝可以說是眾說紛紜，他們大抵是不同部落的始祖，周興嗣也就隨便列舉一些出來。

　　「龍師」是指伏羲氏，相傳有龍馬在黃河附近出現，伏羲氏見到龍馬背上的圖案而創製八卦，並且以龍紀官。龍馬背上的圖案叫做「河圖」。

　　「火帝」是指炎帝神農氏，相傳神農氏以火紀官；或謂炎帝與

神農氏實在是兩個不同的人，所謂「炎黃子孫」，即是指炎帝與黃帝的後人；亦有謂炎帝即是蚩尤，那麼炎黃就是屬於兩個敵對民族的領袖。

「鳥官」是指少昊金天氏，《左傳．昭公．十七年》記載少昊氏以鳥紀官。這裡的龍、火、鳥都是類似原始部落的「圖騰」（totem）崇拜。

「人皇」是三皇之一（另二人是天皇和地皇），周興嗣考慮到對仗和押韻，選了上述四人。相傳黃帝打敗了蚩尤之後，成為中華民族的始祖。

「制」通製，即是製造。「文」通紋，即花紋。

漢字包含形、音、義三個方面。東漢文字學家許慎（30-124，字叔重，著有《說文解字》）依據漢字的構成和使用方式，將漢字分為「六書」，即象形、指事、形聲、會意、轉注和假借。

中文的複詞通常是兩個字合成，但是分開來用又經常各自有不同的意義，例如衣裳就略有不同。如再要嚴格劃分，穿在外面的是「衣」，外衣之下的才叫作「裳」。例如《易．坤．六五》：「黃裳，元吉。」又《易．既濟．六四》：「繻有衣袽，終日戒。」衣與裳都可以單用。唐．杜甫《聞官軍收河南河北》有「初聞涕淚滿衣裳」句，則是衣裳兩字連用。但在現代漢語中，衣與裳的區分已不那麼嚴格。

禪讓與革命

古人對「上帝」的觀念與現代一些宗教的造物主、創世者不同。古人以為「上帝」是一切天神中的最高主宰，地位好比人間的帝王，只是權能較大。

古人認為地上君主，是上天的兒子，代表天，因此地上權力最大的君主就被稱為「天子」，近似西方的「君權神授」（Divine right of kings）。

「禪讓制度」（禪，粵音善sin6；佛教的禪宗始讀蟬sim4）為儒家所嚮往，《禮運．大同》：「大道之行也，天下為公。」這個制度很可能只是原始部落公開推選共主（即盟主）的方法而已。

共主（或天子）名義上管治天下，但各部落的領袖（諸侯）對本部落的內務仍有相當的自主權。

相傳帝堯的兒子丹朱不肖，於是帝堯讓位給以大孝聞名的舜；帝舜的兒子商均又是不肖，於是帝舜又讓位給治水有功的禹。後來禹亦原本想讓位給伯益，但是在禹死後所有諸侯卻去朝拜禹的兒子啟，自此以後禪讓的「公天下」便變為父傳子的「家天下」，禹便成為夏朝的第一位君主，所以又稱大禹或夏禹。

這個傳說不合理之處在於帝位的繼承原本為父子兄弟相傳，如帝嚳（粵音谷guk7）傳子帝摯（粵音至zi3），帝摯傳弟帝堯。帝堯原本應該傳給丹朱，只是為了丹朱不肖才有傳給舜。而且上古又只

出現過這兩次成功的禪讓，即堯傳舜，舜傳禹。可見「家天下」為常態，「公天下」不是。

除了禪讓之外，又有以「革命」轉移帝位，商湯和周武王姬發都是以武力打敗當時的天下共主，取而代之。

堯、舜、禹禪讓之後，到西漢末才有王莽受禪，但是他的新朝政治上並不成功。此後漢魏、魏晉、晉宋、宋齊、齊梁、梁陳的政權轉移都以禪讓制為借口，北朝亦有東魏北齊，西魏北周，北周隋之間幾次「禪讓」。

最起碼的歷史常識

商朝以前沒有確實而得到公認的考古物證留傳，只有一些文字記載和傳說，近世許多史家認為算不上是信史。但作為一個中國讀書人，應該知道以下的上古史傳說，依次為：盤古開天辟地；有巢，燧（粵音瑞seoi6）人，伏羲，神農四氏（四氏代表人類文化演進的四個階段，即巢居，熟食，畜牧與農耕）；黃帝軒轅（粵音元jyun4）氏；少昊（粵音浩hou6）金天氏；顓頊（粵音專沃zyun1 juk7）高陽氏；帝嚳（粵音穀guk7）高辛氏；帝摯高辛氏；帝堯陶唐氏；帝舜有虞氏；大禹建立的夏朝。

夏朝的最後一位君主履癸（粵音理季 lei5gwai3，即夏桀）不仁，商民族的成湯起而革命，放逐履癸，夏朝亡而商朝興。商朝

的最後一位君主帝辛（即紂王）亦不仁，周民族的姬發革命，商朝亡而周朝興。「桀」（粵音傑git6或吉gat1）和「紂」（粵音就zau6）都是亡國之君，建立新朝代的君主自然稱他們為暴君，給他們另起惡名。夏、商、周又合稱為「三代」。

中國歷史上，既有大一統的朝代，也有分裂的時期，所謂「分久必合，合久必分」。

周朝（前1046－前256）的前期史稱西周，後期史稱東周（因其國都東遷）。而東周又分為「春秋」和「戰國」前後兩個時期，其間周室衰微，諸侯互相攻伐。春秋戰國也是中國古典文化大爆發的時期，產生了多種影響深遠的學說，出現了「百家爭鳴」的局面。

戰國後期，「戰國七雄」之一的秦國日漸強大，逐步吞并其他國家，統一天下，由秦始皇（名嬴政）建立秦朝（前221-前206）。秦始皇既有豐功偉績，也有苛政之弊。所以秦朝雖然強盛一時，但政權傳到第二代皇帝（秦二世胡亥）便滅亡了。秦朝末年，爆發了反抗秦朝暴政的「陳勝吳廣起義」，後來又有項羽和劉邦之間的「楚漢相爭」。最終劉邦取得勝利，建立漢朝。

漢朝又分為西漢（前206 - 25）和東漢（25 - 220）兩個時期。西漢較為有名的皇帝包括漢高祖劉邦，漢文帝劉恆，漢景帝劉啓，漢武帝劉徹。文帝和景帝時期社會經濟恢復發展，又稱為「文景之

治」；武帝時期國力强盛，西漢進入全盛時期。西漢末年，外戚王莽篡（粵音傘saan3）漢稱帝，改國號為「新」，但是只經過一代十幾年就滅亡了。後來漢光武帝劉秀復興漢室，建立東漢。所以西漢又稱前漢，東漢又稱後漢，合稱兩漢。

東漢末年，政治動蕩，群雄并起，逐漸形成魏蜀吳三足鼎立的局面，史稱「三國」（220 - 280）。其中，北方的魏國由曹操奠定基礎，文帝曹丕稱帝建國，因此又稱「曹魏」；漢朝皇族後裔劉備在西南蜀地建國，仍以「漢」為國號，所以通稱「蜀漢」；孫權在東南建立吳國，因此又稱「孫吳」。三國時期歷史事件衆多，人物關係複雜，為後世留下了很多膾炙人口的歷史故事和文學藝術素材。

曹魏後期，司馬氏逐漸掌握實權，後來建立晉朝，并短暫地統一全國，史稱西晉（265 - 317）。後來北方戰亂頻繁，先後存在多個政權，史稱「十六國」；而晉朝則南遷，建立東晉（317 - 420）。這種南方與北方對峙的局面，持續發展，又經歷了「南北朝」（420 - 589）時期；其間南朝先後經歷了宋、齊、梁、陳四個政權，北朝則有北魏、東魏、西魏、北齊、北周等政權。

北周的外戚楊堅篡位，建立隋朝（581 - 618），後滅陳，完成統一，終結了之前幾百年的分裂局面。楊堅（隋文帝）統治期間政治清明，天下安定富足，史稱「開皇之治」。隋文帝的兒子隋煬帝

（楊廣）雖有雄才大略，但窮奢極欲，壓迫百姓，致使民變四起，終於亡國。隋朝雖然短命，但是卻確立了「三省六部制」和「科舉制」，對後世的政治制度和人才選拔制度影響深遠。

唐朝（618 - 907）是隋之後的又一個大一統王朝，由唐高祖李淵建立，定都長安（今陝西西安）。李淵之子李世民（唐太宗）知人善任，勵精圖治，開創了唐朝的治世，史稱「貞觀之治」。後來的唐玄宗李隆基則將唐朝帶入全盛時期，史稱「開元盛世」。唐玄宗後期疏於朝政，以致爆發「安史之亂」，唐朝由盛轉衰。唐朝中晚期受到藩鎮割據和宦官專權的影響，雖然又有若干個中興時期，但總體走向了衰敗滅亡。總體來看，唐朝國力強盛，在諸多方面都取得了很高成就。

中國歷來以漢唐兩代國力最強，我們今天仍以漢人或唐人自稱。中華民族即以漢族為主，人口最多；中國人在世界各國僑居，華人聚居的地方必有「唐人街」。

唐朝滅亡後又是五代十國（907 - 960）的大分裂時代。後來宋太祖趙匡胤（粵音刃jan6）建立宋朝，他的弟弟宋太宗趙光義繼往開來，一統天下。宋朝又分為北宋（960 - 1127）和南宋（1127 - 1279）。宋朝在北方先後有遼、金和西夏三國掣肘，一直面臨軍事壓力，內政上的積弊也逐漸暴露，因此在宋神宗趙頊（粵音旭juk1）年間出現了「王安石變法」的改革運動。

　　變法未能從根本上解決積貧積弱的局面，終於在宋徽宗趙佶（粵音傑git9）統治時期發生「靖康之變」，北宋被金所滅；宋室南遷，由宋高宗趙構建立南宋，以臨安（今浙江杭州）為國都。南宋初期有岳飛、韓世忠等名將抗金，但未能收復國土。後來北方的蒙古興起，建立元朝；南宋與元合力滅金後，最終又為元所滅。宋朝的綜合國力自不能與唐朝比肩，但文治水平不俗，經濟和國際貿易有很大發展，文學藝術領域也空前繁榮。中國傳統史觀認為南宋軍事力量長期積弱，但是宋室力抗蒙元，卻是讓蒙古鐵騎耗用最長時間、造成最大傷亡才能攻滅的國家。

　　蒙元政權（1206 - 1368，如以元世祖滅南宋算起，則為1279 - 1368）由蒙古族孛兒只斤氏建立。先由元太祖鐵木真（成吉思汗）統一蒙古各部，此後三度西征，橫掃歐亞，創建人類歷史上版圖最大的政權。至成吉思汗的孫輩元世祖忽必烈正式建立大元王朝（1271），定都大都（在今北京市）。元朝先後消滅長期屬於中國版圖的西夏、金、宋等政權，統一全國。元朝在中國地區建立「行省制度」，「省」後來逐漸演化成為中國的一級行政單位，沿用至今。

　　元末社會動盪，民變迭起，元朝在中國的統治最終被起義軍推翻。起義軍領袖朱元璋（明太祖）趁勢崛起，建立明朝（1368 - 1644），統一全國。明太祖澄清吏治，與民休息，開創了「洪武

之治」。明成祖（朱棣）永樂年間，國勢昌盛，有三寶太監鄭和七下西洋 的壯舉，比起哥倫布登陸美洲早了近一百年。明神宗（朱翊鈞）萬曆後期，政治僵化，國勢日衰。明思宗（朱由檢）崇禎年間，李自成攻入北京，崇禎帝自縊，明朝滅亡。同年，東北的滿族入關，開始了滿清對中原的統治。

清朝（1616 - 1911，如以清世祖入關算起，則為1644 - 1911）由清太祖愛新覺羅.努爾哈赤奠基，清太宗皇太極稱帝，清世祖福臨入主中原。清朝初期國力不弱，康熙（聖祖）、雍正（世宗）、乾隆（高宗）三朝，文治武功，堪稱盛世（康乾盛世），大致奠定了中國近現代的版圖和行政區劃。不過亦有史家認為到了乾隆全盛時期，方才追得上晚明萬曆初年的綜合國力。清朝自乾隆末年開始走向衰落；十九世紀中葉以後，受到外國列強侵略。不過亦有評論認為中國到了鴉片戰爭前夕，經濟繁榮實居世界第一。此後清室經歷內憂外患，受到列強宰割，雖有洋務運動、戊戌變法等救亡圖存的運動，終於不免頹勢。1911年爆發辛亥革命，清朝統治終結。

辛亥革命後，中華民國成立（1912年是民國元年），結束帝制，改行共和。1928年，張學良「東北易幟」（即停用北洋政府的四色旗而改用青天白日滿地紅旗），國民政府統一全國。1937年以「盧溝橋事變」為標誌，日本全面侵略中國，抗日戰爭全

面爆發；1945年日本投降，其間中國軍民死傷數千萬。之後發生
國共內戰，至1949年中華人民共和國成立，內戰在下一年結束。
1966年發生「文化大革命」，全國大亂十年以上。七十年代末開
始實行「改革開放」政策，國家的政治經濟秩序逐漸恢復。踏入
二十一世紀的第二個十年，中國成為世界上第二大經濟體，僅次於
美國。

這些是最基本的中國歷史常識。

廣府話與中原

由以上歷史的敘述，我們還可以聯繫到廣府話的語音。

廣府話又稱為粵語，它的源流可以追溯到「百粵」時代。百粵
是指秦時的南方，其中以盤踞廣州為中心的趙佗勢力最大，其餘部
落紛立，是故稱之為「百」。泛指「南蠻」部落之多。

秦始皇曾派兵五十萬入廣州，其後又派婦女三萬人去為士兵「縫
紉」。這是有歷史紀錄的第一次中原大移民，帶來了秦代的語音。

魏晉時代，於西晉末年以及東晉期間，天下大亂，唯廣州一帶
由於地理環境關係，反而天下太平，此時中原人民紛紛移入五嶺以
南，或沿河移入廣西梧州。於是又經同化或異化，與當時的語音混
合，豐富了廣府話。

到了唐末及五代時期，中原人士又一次南下。所以廣府話便有

59

了唐代中原語音的成份。

接着便是北宋末年、南宋初期的中原人士南遷，由是又給廣府話帶來當時的中原語音。

以後元代亦有中原人士南遷，明代清代則由於商貿關係，均有當時的中原語音傳入。至於現代，則除了中原音韻繼續傳入外，還吸收了日語、英語的成份，時至今日，已成為既保存古音，又流行「約定俗成」今音的靈活語言，這主要是幾度吸收中原語音的成果。

近時有人以「正音」為名，唯依據北宋初年的語音來改讀廣府話，實在是對廣府話的誤解和傷害，因為它分明忽視了歷代中原語音跟廣府話的關係。

朝代起迄要略

以下列出歷史上重要朝代的起迄，供讀者作為參考。

夏（約公元前二十二世紀至公元前十八世紀），商（約公元前十八世紀至公元前十二世紀），周（約1111 BC- 256 BC），當中春秋（722 BC- 481 BC），戰國（403 BC-221 BC），秦（221 BC-206 BC），漢（206 BC-220），晉（265- 420），隋（581- 618），唐（618- 907），宋（960- 1279），元（1271 - 1368），明（1368- 1644），清（1644- 1911）。

坐朝問道，垂拱平章。愛育黎首，臣伏戎羌。
遐邇壹體，率賓歸王。鳴鳳在竹，白駒食場。
化被草木，賴及萬方。

語譯：「聖賢的君主坐在朝堂之上向大臣詢問治國之道；賢君垂衣拱手，代表無為而治，但是對於國家大事卻能辨別明白。愛護養育黎民百姓，懾伏戎羌等外族而令他們稱臣。於是國境之內，不論遠近都無分彼此、如同一體，天下人民都相率歸服、順從中央政府的號令。因為政治清明，連禽獸也各得其所，百鳥之王的鳳凰棲身在竹上鳴叫，具有靈性的白色小馬也願意在苗場上吃草。德化廣被，甚至惠及草木，而且達於萬方。」

賢君的政績

　　這裡「平章」的平與「辨別」的辨相通，「平章」亦作「便章」、「辨章」、「辯章」等，解作「辨別清楚」。故此不解作品評，與唐宋兩代的官名「平章事」不同。

　　「黎」是黑色，人髮色黑，故此稱民為「黎首」，「黎民」、「黔首」相通，泛指平民百姓。古時中原一帶華夏（即中華民族）與周圍許多異族共處，時有戰爭，舊說有所謂東夷、南蠻、西戎、北狄。令西周覆滅的就是犬戎；東漢時漢室曾與西羌有戰爭；晉代的五胡亂華，羌族就是「五胡」之一。這裏遷就文句，只提及戎和羌。

　　「伏」是攝伏、降伏。「遐」是遠，「邇」是近，遠近一體。「賓」也可解作服。

　　這幾句表示中國出了有道的君主，不同的民族或遠或近，都相率臣服於天下共主。「率賓歸王」出自《詩．小雅．北山》：「溥天之下，莫非王土，率土之濱，莫非王臣。」

　　麟是百獸之王，鳳是百鳥之王，龜是百甲之王，龍是百鱗之王，麟、鳳、龜、龍合稱四靈。麟是麒麟的簡稱，若要再嚴格劃分的話，雄性的叫麒，雌性的叫麟。而鳳是鳳凰的簡稱，雄性的叫鳳，雌性的叫凰。龜和龍則沒有這麼細緻的劃分。

　　相傳鳳只棲息於竹上，非竹實不食，只有聖賢在位時才會出現。

另一說謂鳳凰只棲息在梧桐樹上，杜甫的《秋興》有謂：「香稻啄餘鸚鵡粒，碧梧棲老鳳凰枝。」這兩句詩是「倒裝句」，不可亂學，因為杜甫名氣太大，所以從來很少人敢說他錯。他的原意應是「鸚鵡啄餘香稻粒，鳳凰棲老碧梧枝。」

「白駒食場」出自《詩．小雅．白駒》：「皎皎白駒，食我場苗。」古人對於獸類崇尚白色，鳳與白駒都是用作比喻賢人。

「被」（粵音披pei1）在此解作「惠及」。

《千字文》第二章註譯

蓋此身髮，四大五常。恭惟鞠養，豈敢毀傷？

女慕貞絜，男效才良。知過必改，得能莫忘。

罔談彼短，靡恃己長。信使可覆，器欲難量。

　　語譯：「我們的身體和頭髮，都是出自父母所賜而以四大和五常合成。因此必須要恭敬地保養，怎麼敢大意而令自己的身體損毀受傷呢？應該以五常作為個人修身的規範，男子要效法有才能和賢良的人，而女子要思慕堅貞和自潔的品德。發覺到自己有過失必定要改正；得到了審辨自己過失的能耐就不可輕易失去。不要亂談別人的短處過失，以存厚道；亦不要過於依賴自己的一些特長，以免因驕傲而招致失敗。要修養本身，使得自己的誠信可以一再重覆；器量（粵音亮loeng6）則要深到難於量度（粵音涼鐸loeng4 dok9）。」

修身與待人

　　「蓋」字在這裏是發語詞，沒有意義。「四大」有兩解，一是古印度哲學中的地、水、火、風。古印度人認為一切事物和道理都由四大組成，四大是由佛教傳入中國。另一解是道家的道、天、地、王，語見《老子》。

　　「五常」有許多種說法。

第一解相當於「五教」：即父義，母慈，兄友，弟恭和子孝。

第二解相當於「五倫」：即君臣，父子，兄弟，夫妻和朋友。《孟子．滕文公上》：「父子有親，君臣有義，夫婦有別，長幼有序，朋友有信。」

第三解是指仁、義、禮、智、信等五種儒家重視的德行。好生惡殺謂之仁，裁制得宜謂之義，敬士愛下謂之禮，分辨是非謂之智，言無反覆謂之信。

第四解是水、火、木、金、土「五行」，中國的五行與印度的四大相近。

「恭惟」又有「敬思」的意義。「鞠」在這裡解作養育。另外「鞠躬」這一常用詞是解作曲身行禮。

常言道「健康是無價之寶」，不論做甚麼事情，有強健的體魄總是一個重要的先決條件。此外愛惜自己的身體亦是孝道的表現。近年許多青少年常自殘肢體來發洩不滿情緒，實在對不起父母。

「絜」可與「潔」相通，因為下文有一句「紈扇圓潔」，這裏用了沒有三點水旁的「絜」以避免重覆。「罔」（粵音網mong5）與「靡」（粵音微mei4）都解作「無」，即是「不要」。近日發覺越來越多人將網與綱混淆，請注意一從亡、一從山。

這幾句講個人的身心修養，都是強調以忠恕之道待人。

五行學說

五行學說與陰陽學說有密切關係，二者同為中國古代哲學的重要內容。

古人認為五行有相生相剋的關係。

木生火，火生土，土生金，金生水，水生木；這是五行相生。

木剋土，土剋水，水剋火，火剋金，金剋木；這是五行相剋。

「相生」是促進，「相剋」是抑制。兩者比較，相生屬陽，相剋屬陰。

這些理論在醫、卜、星、相等方技被廣泛應用。

廣義的五行，我們可以當作「信息字符」來看待，除了代表木、火、土、金、水以外，還有許多深層意義。

《尚書．洪範上》：「五行：一曰水，二曰火，三曰木，四曰金，五曰土。水曰潤下，火曰炎上，木曰曲直，金曰從革，土爰稼穡。潤下作鹹，炎上作苦，曲直作酸，從革作辛，稼穡作甘。」

《千字文》講的四大是指地、水、火、風；五常是指仁、義、禮、智、信和五行。

墨悲絲染，詩讚羔羊。景行維賢，克念作聖。

德建名立，形端表正。空谷傳聲，虛堂習聽。

禍因惡積，福緣善慶。尺璧非寶，寸陰是競。

語譯：「戰國時代的大哲學家墨子見到潔白的絲被顏色染變、染之蒼則蒼、染之黃則黃，聯想到人性原本純潔無瑕，容易受到外界事物影響而變質，因而感到悲哀；《詩經》以白色小羊作為比喻，讚美士大夫節儉正直。先哲聖賢是讀書人景仰的對象，能念念不忘效法聖賢的言行，才有可能逐漸近於聖賢的境界。人應該要建立個人的德行和名譽，形貌要保持端莊，外表要顯得正派。

空曠的山谷可以傳播聲音，高而空的堂室令聲音可以反射，適合講習聽課；人必須要虛心求學，才能夠吸收新的知識。災禍往往是由於積累惡行所致；福祉卻每每是因為多作善行而獲得。大塊的寶玉並不值得過分珍惜；反而少量的時間一定要爭取善用。」

個人的道德修養

墨子名翟，戰國時人，是墨家思想的創始人。

墨家思想在戰國時代非常盛行，對儒家思想有許多繼承與批評，到秦漢之後就沒落了。墨家的思想表面上與儒家相異，但是實際上兩者相通，只是在程度上有分別而已。套用現代人的用語，墨家可以說是儒家的「修正主義」。

《詩．召南．羔羊》：「羔羊之皮，素絲五紽。」紽（粵音陀 to4）是絲的數目。素絲是未經染色的蠶絲，和小羊（羔）的皮都是白色，用來比喻贊美士大夫的節儉正直。染字在現代漢語中常作貶義用，如「傳染」疾病，「沾染」惡習等等。

「維」通「惟」，這裏解作「惟有」；「克」解作「勝己之思」（克制自私念頭）。《論語．里仁》：「見賢思齊焉，見不賢而內自省也。」見賢思齊與「景行維賢，克念作聖」意義相近。就是說，見到賢人就要想辦法與他們看齊，見到不賢的人就要自我反省，看看自己有沒有犯上相同的錯誤，「有則改之，無則加勉」。

任何人都不可能完全不犯錯誤，我們日常生活中，除了要從自己的錯誤中學習之外，亦要從身邊其他人的錯誤中學習。人不可以自滿，學習時要虛心求學，不恥下問，所謂「虛堂習聽」有如成語「虛懷若谷」一樣，胸懷謙虛有如空曠的山谷，才易於接受新事物、新知識。

「緣」是緣起，「慶」是較大的善行。《易．坤．文言》：「積善之家，必有餘慶。積不善之家，必有餘殃。」即是俗諺所謂：「善有善報，惡有惡報。」這些說話絕不是宣揚宿命論。行事處處為他人著想就不會過份，自然不易招惹禍殃；反過來說，經常作惡，就為社會與法律所不容，最終招致災禍。

「璧」是圓形而有孔的玉器；「競」即是爭，爭取善用之意。

如俗諺：「一寸光陰一寸金，寸金難買寸光陰。」

前數句談待人之道，這幾句談律己之道，並且提出比較具體的做法，包括怎樣效法前賢，善用時間，虛心學習，與人為善，不作惡行等。

九流十家與三教

春秋（272 BC - 481 BC）戰國（480 BC - 222 BC）是中國學術思想比較自由和發達的時代。有所謂九流十家，包括儒、道、墨、法、名、農、陰陽、縱橫、雜、小說。前九個是「九流」，九流再加小說家是「十家」。這個說法最初由東漢史家班固（32-92，字孟堅，與父彪、妹昭合著《漢書》）提出。當中儒道兩家最為重要，兩家的基本學說，一般中學生以及不是唸文史哲的大學生都要認識，其他各家比較次要，假如還有餘力的話可以接觸一下墨、法和陰陽三家。

儒、釋、道三家的思想對中國社會影響最大，合稱三教。

釋家即是佛家。佛教起源於印度，大概在東漢時傳入中國，對中國的文化和藝術有極大影響。佛家思想的特色是主自力不主他力，主出世不主入世。因此其積極一面，與儒家思想相合；其消極一面，又與道家思想相合。佛教思想當中以禪宗對中國學術思想影響較大。

善用時間

現時許多中學生都不甚懂得分配讀書時間，經常「平時不燒香，臨急抱佛腳」；考前甚至通宵達旦，但是越「用功」反而收效越低。其實人的精神不適宜在長時間內高度集中，這樣做會嚴重影響效率。每一至兩小時溫習，應有十五分鐘至半小時的歇息，因為苦讀到第二三小時之後，吸收力就會急劇下降。

時下許多學生常抱怨課程要求死記太多資料，殊不知自身語文水平不夠高，才不能有效吸收知識，未能吸收，又如何可以記熟？再加上現代人生活太過安逸，無謂消遣太多，沒有好好分配時間，不肯虛心學習，自然難有成就。

從行為科學（Behavioral Science）的角度來看，一般的學習曲線（learning curve）都是如此。連續多個小時全不間斷地苦讀，並不合乎成本效益。這個常識與經濟學上所謂的邊際效用遞減定律（Law of diminishing marginal utility）相似。

《莊子．養生主》：「吾生也有涯，而知也無涯。以有涯隨無涯，殆矣；已而為知者，殆而已矣。」人的生命有限，知識卻是無限。「殆」有兩解，可以解作「危險」，也可以解作「疲累」。無論是那一解，都表明任何人都不可能掌握世上的所有知識，人世有限，應該將有限的精力放在幾個有意義的人生大目標、大方向去發展。

關於《莊子》，請參考下文的「漆書壁經」。

資父事君，曰嚴與敬。孝當竭力，忠則盡命。

臨深履薄，夙興溫凊。

　　語譯：「應該按照侍奉父母親的方式來服務君上，最重要的是嚴肅與恭敬。竭盡所能去孝順父母，忠誠地完成任務。這種謹慎的心情，有如前方面臨深淵，或是在冬天時腳下踏在結了薄冰的湖面一樣，要小心翼翼；侍奉父母要每天早起，冬天為他們溫暖被褥，夏天為他們扇涼枕蓆。」

忠與孝

　　其實現代人對於中國傳統的倫理道德印象十分模糊，「忠」與「孝」這兩個觀念就常被人誤解。古人認為「孝」比「忠」更重要，所謂「百行孝為先」。

　　中國人有「小杖則受，大杖則走」的說法，即是說父母親要對我們施行極其輕度的體罰（小杖）時，即使自己沒有大過失，也應該要接受。

　　但是任何人的父母也不是聖人，有時在盛怒之下會反應過份激烈，太過嚴重的體罰（大杖）可能會令受者終身傷殘，甚至喪命。這時身為子女者即使有錯（尤其是小過失），也不應接受體罰，以免陷父母於不義。背後的道理是：假如為人父母者因雞毛蒜皮的小事而傷殘子女的身體，就是處置失宜。減少父母在盛怒之下做錯事

才是合乎孝道。

當然，「小杖則受，大杖則走」的原則只適用於不甚嚴重的過失，至於不可饒恕的罪行就當別論。

此外又有人認為中國人傳統有所謂「大家長心態」，父權過度膨脹，這些想法其實都很片面。

《論語．里仁》：「事父母幾諫，見志不從，又敬不違，勞而不怨。」這裏是指父母的小過失而言，勞而不怨就是「竭力」。大過失就不同，應該如《易．蠱》：「幹父之蠱，用譽。」「幹」是指匡正、糾正，「蠱」從蟲，從皿，指食物在器皿中腐壞而蟲生，引伸為敗行。子女糾正父母的敗行，可以得到良好的名譽，所以中國傳統倫理觀念從古到今都沒有鼓吹盲目附從父母惡行的想法。

至於「忠」也有很嚴格的條件，我們常聽到「忠君愛國」，好像無條件的「忠」是天經地義。其實狹義的忠是指「忠誠」，廣義的忠是指「盡責」，即所謂「盡忠職守」。

《論語．學而》：「曾子曰：『吾日三省吾身：為人謀而不忠乎？與朋友交而不信乎？傳不習乎？』」曾子每日有三件事要反省，第一件是為人做事有沒有盡職（廣義的忠）；第二件是對朋友有沒有信守言諾；第三件是老師所教的知識有沒有勤習。

《論語．八佾》：「君使臣以禮，臣事君以忠。」前文提及敬士愛下為禮，也就是說即使在君主統治時代，國家的統治者還是先

要禮待臣下，才可以要求臣下盡忠職守，君主並不擁有絕對的權力。此外又有所謂「食君之祿，忠君之事」，即是接受了君主的俸祿（或僱主的薪金），便要盡責（忠）完成份內的職務（事）。

中國人的忠君思想並不是以君主作為盡忠的對象，而是盡忠於職守，但是古人出仕做官，應當要對國家盡忠，而君主是國家的代表，對君主盡忠，只是盡忠於國家的體現。

有人以為：「君要臣死臣不死，是為不忠；父要子亡子不亡，是為不孝。」這種錯誤觀念完全違反中國傳統的倫理道德，這才是愚忠、才是愚孝。

《禮．曲禮》：「凡為人子之禮，冬溫而夏凊，昏定而晨省。」成語「晨昏定省」或是「昏定晨省」都出於此。「定」是鋪被蓆，「省」是問安。「夙」即是早，「興」即是起。東漢時的黃香，九歲時喪母，與父相依為命。他在冬天時先以自己的體溫將父親的被窩弄暖，才讓父親就寢，好使老父免受寒冷；夏天時以扇將父親的睡床扇涼；這就是冬溫夏凊的典故。

說到孝道，在此介紹一句成語「菽水承歡」。出自《禮．檀弓下》：「孔子曰：『啜菽飲水，盡其歡，斯之謂孝。』」菽（粵音叔suk7）即是荳，是價錢不很高的食物，也就是說對待父母最重視真心相伴，這是貴重的物質享受所不能代替的。

古人重視「人倫」，即是現代人講的人際關係。人與人的接

73

觸，當然始自家庭，如果連自己的家人也不能和洽相處，又怎能與其他人建立良好關係呢？「人倫」實亦離不開前述的「五常」。

似蘭斯馨，如松之盛。川流不息，淵澄取映。
容止若思，言辭安定。篤初成美，慎終宜令。

　　語譯：「個人的德行要馨香如蘭、盛大如松；又要好像河中的流水不會停息、永不間斷；更要純潔如澄清的淵，可以照人。儀容舉止要優閒雅逸，言辭談吐要穩重得體。篤厚於前固然是美善，還要謹慎保持令名（美好的聲譽）於後，才是有始有終。」

以植物比喻君子

　　古人喜歡用植物來比喻人的德行操守。

　　「蘭」是君子，因為蘭的香氣不濃烈迫人，要慢慢領略感受；「松」也是君子，因為松是常綠樹，《論語.子罕》：「歲寒，然後知松柏之後彫也。」松、竹、梅又稱為「歲寒三友」。古人對耐寒的植物有偏愛，認為它們有如君子一般，即使面對逆境仍能一本初衷。

　　還有「竹」比喻君子，因為竹有節（節有節止的意思），因此竹節象徵君子的節義、節氣和節操。竹又有護幼的特性，成長的竹不會阻礙幼竹生長，反而互相扶持。

此外「蓮」也是君子。宋儒周敦頤有一篇《愛蓮說》，當中讚美蓮「出淤泥而不染」和「中通外直，不蔓不支」。比喻君子即使在惡劣環境中（淤泥）成長，也不受污染，內心通情達理（中通），外表卻正直不阿（外直），行事亦多從正道，不會無端多生枝節（不蔓不枝）。

榮業所基，籍甚無竟。學優登仕，攝職從政。
存以甘棠，去而益詠。

語譯：「光榮的事業必定要建基在前文所述的德行之上，做到這樣德行而獲取的聲譽就不可限量、沒有止境。在學問上做到了成績而還有餘力，就要出仕做官為君上和百姓服務；接受公職、從事政治工作。從事公職而有厚惠於民，就會好像西周時召公在甘棠樹下處理政事，辭官退休之後仍然得到人民思念和稱讚，用歌詠紀念他，更不忍將樹砍掉。」

從事公職

近代又有人斷章取義，詆毀儒家思想，執著「學而優則仕」一句話，誣捏儒家學者讀書是為了做官（優是有餘力，出仕是做官，士則是未有公職的讀書人），說甚麼「騎在人民頭上」，「與統治者狼狽為奸」等等，似乎讀書人不應該做官才好。可是讀書明理的

人不去做官，難道要不識字、不明理的文盲去做？

　　其實《論語．子張》的原文是：「子夏曰：『仕而優則學，學而優則仕。』」意思是說做官從政而有餘力的話，應該還要再多讀點書來充實自己；讀書到了有一定學問而有餘力的話，應該要參予公職、服務社會。因為古時讀書人要回饋社會差不多只有做官一途，與現代職業日趨多樣化、專業化不同。

　　甘棠的典故出自《詩．召南．甘棠》：「蔽芾甘棠。勿翦勿伐。召伯所茇。」

　　「蔽」是遮蔽；「芾」（粵音費fai3）即是樹的小枝葉；「茇」（粵音拔bat9）是草舍。這幾句詩的語譯是：「不要翦伐甘棠樹茂密的小枝葉，以前召伯就是在這樹下結草舍處理政務。」所以「甘棠」意思就是懷念去職的父母官。棠樹有紅、白兩種。甘棠即是白棠，又稱棠梨，果實小而酸。

　　這一首詩表現出中國人溫柔敦厚的傳統和念舊的美德。試問這豈是只讀洋書，不明中國歷史文化的現代「假洋鬼子」所能理解的呢？

　　「榮」是光榮、顯榮的意思；「籍」是聲譽；「竟」即是已。

　　「登」是晉升，如登科；「攝」是治理；「從」是從事、就任；「政」是指國政。

　　「存」是留存；「益」是更加。

中國古代的選舉考試制度

《禮運．大同》說的「選賢與能」，當中的「與」和「舉」相通，即是說「選賢舉能」。

古人所謂「選舉」原來的意義是「選任舉薦」，即是「選任賢人，舉薦能吏」。

現代人一談及「選舉」就想起西方民主制度中的一人一票選舉，那是election。中國傳統的「選舉」卻是selection。

古代「考試」是「考績試用」，考績是考核政績，試用是試行錄用。前者是對已在政府任職的公務人員考勤；後者是對新人實施行政實習。

現代的所謂「考試」，即是舊日的「科舉」，原本是公開評審應考人做官的資格。考試制度其實是比較客觀公平的評核方法。

清儒顧炎武認為：「八股之害，甚於焚書。」科舉本身並無罪。考試本身不會妨礙學生的發展，問題只在考試的內容和形式是否合情合理。

有人提議在教育制度中廢除考試，加重面試的重要性，只不過是換湯不換藥。因為不論是偏重筆試或面試，總還是有一部份人佔優，一部份人吃虧。

學之序

周興嗣提到「學優登仕」，我們怎樣學才可以「學而優」呢？

《中庸》：「博學之，審問之，慎思之，明辨之，篤行之。」這學，問，思，辨，行五個步驟就是正確的求學方向。

求學應以博學為目標。簡而言之是要求自己對各門學科的基礎都應該略為接觸，不可囿於「傳統」（其實是當代的習慣）上「文科」與「理科」的劃分。其實知識沒有如此明確界限，現代人應該要文理兼通，才可以應對時代的挑戰。

事實上現代西方學校制度，源於歐洲中世紀的大學（university），當時的大學沒有現代的分科，哲學、醫學、物理學、文學都差不多都是必修科。

中國古代學校也是文武不分科。儒家有六藝之說，即「禮、樂、射、馭、書、數」（見《周禮》），當中「射」是射箭，「馭」是駕馭馬車。

說到「博學」，很難說要閱讀多少篇古文、認識多少個英文字、又或是會算多少道數學題就算夠，所謂「書到用時方恨少」，為學最忌自滿，「滿招損，謙受益。」

認真地從事學術研究，我們常說是「做學問」，可見學之外還得要問。學與問雖有先後，但不經常發問，就不能多學，應該多向師長發問、向自己發問。當然發問並不是終結而只是開始，發問之

後便要尋找答案，又回到「學」上面去。

　　提問往往比單刀直入解答問題更重要。不斷提問，有助於澄清問題的核心，這樣才能更有效地找到答案。現在有年青人鼓吹要讓學生參予課程設計，那是過於心急，還是應先博學審問一番再說。

　　《論語》：「學而不思則罔，思而不學則殆。」西哲笛卡兒（René Descartes 1596-1650）：「我思故我在。」拉丁文原文：Cogito ergo sum。英譯：I think therefore I am.

　　思考分析，必須以正確無誤的資訊來作支柱，否則就有「思而不學」之弊。近年許多人批評中學課程不注重訓練學生的思考，卻不知「學而不思」「思而不學」都有毛病。

　　學與思必須並重，但仍有先後次序，不博學就不可能慎思。近年教育當局一再刪削課程，美其名是著重思考，不強迫學生記憶太多資料。其實學而後知不足，基礎知識薄弱又怎能思考問題？

　　「死記」資料無用，卻不知任何專業，都必須記熟大量有用的資料，記不熟就不可能分析運用。

　　「辨」就是辨別是非利害。

　　有一定學識，敢於向自己發問，肯思考問題，然後才可以明辨是非善惡，辨別劣質書本中的錯誤。

　　「學」與「問」，是為吸收知識，累積知識。

　　「思」與「辨」，是為篩選知識，提升知識。

「行」，是將學識應用於實際，是運用知識。《三字經》云：「幼而學，壯而行。」《論語．衛靈公》：「言忠信，行篤敬。」這就是「行」的方向。

樂殊貴賤，禮別尊卑。上和下睦，夫唱婦隨。
外受傅訓，入奉母儀。諸姑伯叔，猶子比兒。
孔懷兄弟，同氣連枝。

　　語譯：「音樂和禮儀是維繫社會穩定的重要元素，社會上地位不同的人日常生活應有不同的禮法，在物質享受上都不可逾度。上級對下級要和氣，下級對上級要敦睦；夫妻間在日常生活中要盡量互相協調遷就。在外間接受老師和長輩的訓誨，在家裏遵從母親的儀範榜樣。對於父親的兄弟姊妹等的長輩，要同樣尊敬；長輩亦要對自己兄弟姊妹的子女愛護如同親生。要思念兄弟姊妹，因為大家都是稟受父母精血而生，如同一株樹上的所有樹枝都是同根而生一樣。」

富貴貧賤

　　《樂》和《禮》都是儒傢經典，但是《樂經》早已失傳。

　　《禮記．經解》：「孔子曰：『入其國，其教可知也。其為人也：溫柔敦厚，《詩》教也；疏通知遠，《書》教也；廣博易良，

《樂》教也；絜靜精微，《易》教也；恭儉莊敬，《禮》教也；屬辭比事，《春秋》教也』。」

儒家的思想認為禮教令人恭儉莊敬，樂教令人廣博易良。

在現代漢語中，賤字是一個很壞的形容詞，為免引起誤會，應該盡量少用。但是貴賤兩字的用處其實有輕重之別。如「高貴」與「下賤」是形容人格，兩者的分別很大，今天說人「下賤」是個很嚴厲的批評。「富貴」與「貧賤」是以經濟狀況分；「尊貴」與「卑賤」是以社會地位分。

《千字文》所講的是「尊貴」與「卑賤」。人類社會不可能完全平等，有些人能力較別人強，於是社會地位較高，權力較大，個人財富也較多，這種差別不可能完全消除。而且財富可以累積，更可以一代一代地傳承，因此有些人一出生就注定要成為富人。用禮和樂來約束社會上所有人的行為是為了維持社會安定（即上和下睦），不能說是「階級歧視」或「階級剝削」，除非我們的社會不容許人累積財富，不容許人為子孫後代累積財富。古人認為理想的社會應要「貧而樂，富而不驕」。富裕的人過份炫耀財富、輕視窮人，會激化社會上各階層的矛盾。貧窮的人要先得溫飽，才能夠生活得有尊嚴，才可以「知足者貧亦樂」。「貧而樂，富而不驕」，社會就不會動蕩。《論語．季氏》：「不患寡而患不均，不患貧而患不安。」就是說社會上貧富的差距不可以太大。

　　職位不同，相應的職權和責任也就不同。比如一間學校裏面，校長和校工職責不同，有甚麼典禮，通常由校長主持，而各種各樣的日常工作應由全體員工合理分擔。

　　日常相處，不同職級的員工應要和睦。居上級的不可對下屬傲慢專橫，處下位的亦不應對上司諛媚奉承。

　　至於個人對待貧富差別的態度，可以參考《孟子・滕文公下》：「富貴不能淫，貧賤不能移，威武不能屈，此之謂大丈夫。」譯成白話是：「大丈夫不會因貪求富貴而淫蕩（此處解作惑亂而不解作貪色）心術；不會因久處貧賤而移變節操；也不會因面對威武而屈挫志氣。」

夫妻相處

　　舊社會以男主外、女主內，宋以後更有「女子三步不出門」的習俗，丈夫通常是家庭的經濟支柱。因此一般男子比女子見聞較多，難免有重男輕女的情況。「唱」是指倡導（唱與倡相通），不是唱歌。丈夫倡導而妻子跟隨，即是互相配合的意思，現代社會男女日趨平等，通常各有自己的事業，夫妻間相處就再不必事事以丈夫的意願為主導。今時今日「婦唱夫隨」亦無不可，現代人為實踐配偶的理想而犧牲自己的精神、時間和享受，並不鮮見。

家教師教

《三字經》：「養不教，父之過；教不嚴，師之惰。」所以有人開玩笑的說假如小孩子缺了教養、誤入歧途是父親與老師的失責，與母親無關云云！這個當然純粹是開玩笑，舊社會女性沒有工作，所謂「相夫教子」（「相」音soeng3，是去聲，輔佐之意）就是女性的「終生職業」，所以「傅訓」與「母儀」同樣重要。俗諺謂「慈母多敗兒」，就是指一些母親溺愛子女而導致子女失教。總而言之，中國人的傳統思想一向認為家庭教育與學校教育同樣重要，而且任何人都是先受家教，再離家求學，所以家教是師教的基礎。

韓愈（768-824，字退之，唐宋古文八大家之首，唐代古文運動的領袖）的《師說》：「師者，所以傳道、受（同『授』）業、解惑也。」明確指出為人師的責任：「傳道」是傳授做人處世的大道理；「受業」是教授謀生立業的學識和技能；「解惑」是就個別困擾學生的切身問題，提供抉擇的指南。

近年有人大力鼓吹父母與子女應做「朋友」，那是明顯忽略了父母作為「導師」的角色。其實父母於子女仍應以「導師」角色為主，「朋友」角色只可以做輔助。試問刻意與子女做朋友，又怎能比得上年齡相近的朋輩那麼投緣呢？為人父母者若是只知對待子女如同朋友，當子女遇上重大抉擇，就寧願聽取同齡真正朋友的意見。

研究顯示許多青少年有事不向父母師長求助，反而向人生經驗

不足的朋輩問計，因此而造成不良後果者，比比皆是。

為人師者，在事急的時候，應以「解惑」為先。畢竟「傳道」和「授業」是較長時間的工作，學生遇上人生重大抉擇時，師長適時的忠告對涉世未深的青少年非常重要。

親族中長輩

父親的兄長稱為伯父，父親的弟弟稱為叔父，故此父親的兄弟統稱「諸父」。但是伯、叔原本卻用作表示排行，如商末周初的伯夷、叔齊。東漢末年的孫堅與元配夫人生有四個兒子，孫策字伯符，孫權字仲謀，孫翊字叔弼，孫匡字季佐，即依伯仲叔季排列，這就叫做排行（「行」音航hong4，讀為「排恆」是錯音）。孫權後來成為三國之中吳國的開國之君。常用成語「不相伯仲」即表示兩人的能力相差極少。現代漢語已經沒有這樣嚴格的劃分，伯父與伯，叔父與叔都可通用。

古人重視有兒子承繼自己，假如無子，常會以其他多子兄弟的兒子來繼承財產，稱為「過繼」。同姓中沒有人選，才找外姓人繼承，兄弟的兒子叫「姪」，古時稱「族子」，即是同族人的兒子；「猶子」和「比兒」都是姪的別稱。即是猶如自己的兒子，好比自己的兒子。

伯叔的兒子，稱堂兄弟，以別於同父的親兄弟，但古時不論是

否同父，只要同姓同輩都是兄弟。宋以後重男輕女，女子再婚較少，於是同父異母的兄弟姊妹多，同母異父的兄弟姊妹少。

古人認為人是秉受父母的精血而生，《三國演義》有一回「夏侯惇拔矢啖睛」，曹操的部將夏侯惇眼睛被敵人用箭射中，拔箭時整個眼球也拔了出來，因而一目失明，他以人身由「父精母血」生成，就生吞了自己的眼睛。親兄弟固然「同氣」，堂兄弟亦出自相同的祖父，當然要互相關懷。

由父子之倫推而廣之，師傅、諸父伯叔實亦與父母同尊。另一方面，姪與兒子亦同親。

古代重男輕女，只說兒子，不說及女兒。父字已在上文「資父事君」出現，為免重覆，便說「諸姑」。現代男女日趨平等，不必拘泥。

「孔」即是大。「懷」即是愛。「同氣」指同出於父母。「連枝」比喻同根而生。

交友投分，切磨箴規。仁慈隱惻，造次弗離。
節義廉退，顛沛匪虧。性靜情逸，心動神疲。
守真志滿，逐物意移。堅持雅操，好爵自縻。

語譯：「結交朋友要找志同道合的人，那樣才可以互相切磋、琢磨；朋友之間又要互相勉勵，有過失時要直言規勸。經常要保持仁慈惻隱之心，在倉卒急遽之間亦不可離棄。行事要守節操、合時

85

宜、廉潔和謙退，在顛沛流離時亦不可有欠缺。一個人性格平靜，情緒就會安逸；心境浮動多變，精神就會疲累。堅守自然正道真理，保持志氣飽滿；過度追求物質享樂，意志就會游移不定，內心不得安寧。堅定保持高尚典雅的情操，世俗間的爵祿名位會自然而來，不必刻意強求。」

益友與損友

除了父母、老師、長輩以至兄弟之外，最能影響人生的莫過於朋友，俗語謂：「在家靠父母，出外靠朋友。」又有所謂「近朱者赤，近墨者黑」。除了說明人在社會之中經常需要朋友幫助之外，亦指出人的日常生活許多時會受朋輩影響，現代社會學稱之為「朋輩壓力」（Peer group pressure）。

交朋結友要注意的是親近益友和遠離損友，但是當局者迷，我們有時會昧於表象，看不清個別朋友的好壞。俗諺：「與益友交，如入芝蘭之室，久而不聞其香；與損友交，如入鮑魚之肆，久而不聞其臭。」

觀察朋友可以參考《論語．季氏》：「益者三友，損者三友：友直，友諒，友多聞，益矣；友便僻，友善柔，友便佞，損矣。」

正直的朋友（友直）能夠規勸我的過失；誠信的朋友（友諒）能夠陶冶我的真誠；見聞廣博的朋友（友多聞）可以增加我的學

識；結交這類朋友就有益。「便僻」即是慣於逢迎而不正直；「善柔」是虛情假意以討人歡心，即是不誠信；「便佞（粵音濘ning6）」是不學無術而專說好話，即是寡聞；恰好與三益友相反，結交這類朋友就會有損。

年青人交朋友一般以嗜好相近為先決條件，即是「交友投分」的意義。這樣才可以得到交友之樂，但是行樂亦有「益」與「損」之分。《論語．季氏》：「益者三樂（粵音作肴的陽去聲ngaau6，解作愛好），損者三樂：樂節禮樂（粵音岳ngok9，音樂的樂），樂道人之善，樂多賢友，益矣；樂驕樂（粵音落lok9，快樂的樂），樂佚（粵音日jat9）遊，樂宴樂（粵音落），損矣。」

驕是指驕奢而不知節制；佚遊是指荒怠懶惰，漫遊無度；宴是指偷安沉溺。

青少年朋友應該用「損者三友」和「損者三樂」兩大原則來觀察身邊的朋友，亦應該反躬自問，自己的言行有沒有損害朋友。現代社會人際關係複雜，容易誤交匪類，因此年青人應該讓父母師長認識自己最要好的朋友，以便他們在必要時提供擇友的意見。

這不是侵犯青少年的人權。西方社會重視個人，中國傳統則重視社會和諧，各有其優點。但是歐美社會青少年私隱太多，許多時誤交損友而父母師長懵然無知，每每在闖下彌天大禍（如槍殺師友、虐殺幼童等慘劇）之後，父母才驚覺對子女關懷不足，但已然太遲。

交友之道

「切磨」是指切磋與琢磨。出自《詩．衛風．淇澳》：「如切如磋，如琢如磨。」切（粵音設cit8）從刀，是切割牛骨；磋從石，是用石製器具來加工象牙；琢從玉，是雕琢玉器；磨從石，是打磨骨角。

在現代漢語中，「切磋」解作一起觀摩交流學識或技術，還包含比較和競技的意義。「琢磨」則解作研討參詳，有反覆研究的意味；也可以解作磨鍊。如《三字經》：「玉不琢，不成器。人不學，不知理。」

由此可見中文的簡化撮要非常精鍊，字面是一義，還可能包含其他信息，而且引伸又可以是一義，研究下去趣味無窮。

「箴」即是針，在這裏解作箴言、告誡；「規」在這裏是指規矩的簡稱。規原本是畫圓用的圓規，矩則是畫直線的方尺，《孟子．離婁上》：「不以規矩則不能成方圓。」規矩一詞引申為行事的準則、禮法。箴規即是箴言規範，略等於我們常說的「座右銘」，古人習慣將「銘文」放在座位的右邊，故名。至於何謂「銘」，將在註到下文「勒碑刻銘」時再介紹。

修身之道

「仁慈隱惻，造次弗離。節義廉退，顛沛匪虧。」這四句的排比對偶甚為緊湊嚴密，還包含了儒家的重要思想。仁慈隱惻對節義

廉退，造次對顛沛，弗離對匪虧。

《論語．里仁》：「君子無終食之間違仁，造次必於是，顛沛必於是。」終食即是一頓飯，也就是說君子在一頓飯的時間也不肯違背仁慈之道。

《孟子．公孫丑上》：「惻隱之心，仁之端也；羞惡之心，義之端也；辭讓之心，禮之端也；是非之心，智之端也。」這裡「心」是指心情、價值觀。「端」是事物的一方，在此借喻事物的發端，即是開始。「惻隱之心」是見人不幸而產生同情憐憫的心情。這種心情、價值觀，就是仁德的發端、開始。「羞惡之心」是見到自己的不善而羞慚、見他人不善而憎惡的心情。「辭讓之心」是禮讓和辭謝人家給予自己過度禮遇的心情。「是非之心」是明辨對錯、曲直的思想。

「辭讓」與「廉退」意義相近。

仁、義、禮、智是『四端』，加上信就是上文講的五常，為甚麼孟子在五常以內再要別立四端呢？這是因為人言為信，信是五者之中比較普通的德行，連守信也做不到，其他也就更不必講了。

附帶一提，禮、義、廉、恥，稱為國之四維，見《管子．牧民》。

不可沉溺於物慾中

「逐物意移」是勸誡人不可沉溺於物慾之中，青少年盲目追逐潮流、盲目跟風，很容易變成人云亦云，迷失自我。

許多時候所謂「潮流」都是商人為了大做生意，而與一些對青少年消費模式有影響力的人合謀的產物，每年更換的衣服飾物時尚就是如此誕生。大力鼓吹才可以引誘買家大量消費，購入不必要的消費品。

人的物慾可以無窮無盡，物質享受應當合理而不過度、不奢侈。一旦習慣「逐物」，很容易變成物質的奴隸，「志移」而不自知，最終陷入「商品拜物教」的泥沼。

「好爵自縻」還有別解。

《易．中孚》：「鳴鶴在陰，其子和之。我有好爵，吾與爾靡之。」「縻」與「靡」兩字相通，所以前面的「靡恃己長」和此處的「好爵自縻」用上不同寫法。《易經》所講的是：「鶴在樹陰中鳴叫，雛鶴（其子）感應而相唱和（粵音禍wo6）；我有很好的美酒（爵是酒器），要與你共享（靡是享用）。」「子」又可以是對成年男子的敬稱，於是這幾句話又可以當做讚美知己之間心靈感應的喜悅，要舉杯共飲。

周興嗣於此更進一步，只要「堅持雅操」，就可以自得其樂，不必一定要有知己良朋分享歡愉，「好爵自縻」亦無不可。一如

《論語．學而》：「人不知而不慍，不亦君子乎？」慍（粵音穩）即是含怒不快。也就是說：「即使世人都不知我的學問，我也不會難過，因為學習是為了自己，而不是為了他人，這樣才算是君子。」

第二章總結

這一段講的是個人的修身和儒家的倫理道德。

修身方法之道先要重視自己的身體健康。實行的重點在於培養仁、義、禮、智、信等五德，重視與五倫的關係。父子仁之德，君臣義之德，兄弟禮之德，夫妻智之德，朋友信之德。

《千字文》第三章註譯

都邑華夏，東西二京。背邙面洛，浮渭據涇。

語譯：「漢代的西京長安和東京洛陽都是華夏的重要京都。洛陽北邊背坐邙山，南邊面臨洛水；長安依傍著渭水和涇水。」

長安和洛陽

周興嗣是南朝人，活在唐代之前，談到太平盛世，當然只能講漢代，西漢以長安為都，東漢以洛陽為都，合稱兩京。而中國歷史上的重要京都除了長安和洛陽之外，還有南京、北京和開封。

「華」是指文明之象；「夏」解作大，表示禮儀之大。華夏最初泛指黃河中下游一帶所謂中原之地，又稱中國。所謂「華夏」和「中國」，後來隨著版圖擴展而日益廣大。華夏與戎狄之分是以文化為準而不單純以種族為準。

「都」是指天子營造宮室之地。「邑」除了可解作城邑之外，亦是用作表示帝都。「京」的本義是大。「京都」即是大的都。

中國人自稱華人，又以中華為國號，就是以中華民族的文明而自豪。

中國人的方向感是以坐北向南為標準的方向，故此有所謂「南面而王（粵音旺wong6，作動詞用）天下」的說法。這是因為中國

地處北半球，太陽常在南方，而君主要面向陽光的原故。

中國人在書面上的方向感是以紙的上端作南，下端作北，於是左方是東，右方是西。所以江東又叫江左；隴西又叫隴右。

近數百年來歐洲文化影響遍及全世界，歐洲人以上方為北，下方為南，剛好與中國的傳統相反。所以由南向北的火車，稱「上行車」；北向南的火車，稱「下行車」。

「邙」粵音芒mong4。

長安坐落在渭水平原，地勢比較高，已有利於防敵的好處。

「浮」是浮泛，「據」是依傍。說到涇水和渭水，不可不提成語「涇渭分明」。涇水清而渭水濁，兩水的合流之後並不混和，清者自清，濁者自濁。因兩水清濁有別，可以比喻人品的清濁。《詩．邶風．谷風》：「涇以渭濁，湜湜而沚」以及前文：「川流不息，淵澄取映」都是以水比喻人品。

中國人建造城市一般都選擇背山面水的地方，因為近山利於防敵和防風，而近水可以調節氣溫，以及供應人畜飲用的食水。現時中國首都北京就是背靠北面的太行山餘脈和燕山山脈，並有海河（又稱沽河）流經市內。

長安和洛陽都是內陸城市，所在的地區基本上屬於「大陸氣候」（continental climate），夏季和冬季之間，溫差較大。

與這種氣候相反的是海洋氣候（oceanic climate），一般沿

海城市因為得到海洋的調節，全年的溫差較小，因為水的比熱容（Specific heat capacity）很高，蓄熱和散熱的效果都很好。

文明古國與大河流域

世界上的文明古國大都在近河的地方發祥。中國、印度、埃及和巴比倫號稱四大文明古國，都是在河流附近興起。

巴比倫立國於兩河流域，即幼發拉底河（Euphrates）和底格里斯河（Tigris），這兩條河今天在伊拉克境內。埃及古文明在尼羅河（Nile）出現。古印度文明則在印度河（Indus），印度河現在巴基斯坦境內。但是這三個古文明都已沒落，現時當地的居民已不是數千年前的原居民族。

這些古文明臨近淡水河，水源豐富，利於文明演進。然而有許多古文明忽視環境保護，濫伐林木，導致水土流失，最後便成為廢墟。

四大文明古國只有中華民族延續至今，今天我們中國人用的語言文字數千年來一脈相承，與其他國家民族大不相同。以英文為例，當今英國人很少可以讀懂數百年前的英國文學；中國人則不然，如《千字文》這樣的文章，即使不看註解，現代人也還可以懂得幾成。

中國文明數千年來更從發祥地黃河流域擴展到整個東亞大陸。中華民族的文化使得整個東南亞地區的人民都受惠。

宮殿盤鬱，樓觀飛驚。圖寫禽獸，畫綵仙靈。

丙舍傍啟，甲帳對楹。

　　語譯：「君主居住的宮殿壯麗莊嚴，建築盤旋而森鬱；高聳的
樓臺令飛鳥見到也感覺驚怖。宮殿的牆壁畫滿了飛禽走獸和神仙
的圖畫裝飾。宮殿宏偉而宮室眾多，宮中正室兩旁的房屋叫『丙
舍』，舍門開在旁邊；宮內的帳幕甚多，以天干編次記號，與殿堂
的前柱相對。」

宏偉的宮殿

　　天子所居的室稱為「宮」，「殿」則是特別高大的堂。「盤」
是屈曲。「鬱」是茂盛。原本用來形容植物，在這裏是借用。

　　以宏偉建築物作為一個政體的象徵，古今中外皆然。上面四句
談帝王的京都，這六句談帝王的宮室。

　　甲、乙、丙、丁、戊（粵音務mou6）、己、庚、辛、壬（粵
音淫jam4）、癸（粵音貴gwai）是十天干。

　　《史記．天官書》：「亥為天門，巳為地戶。」在干支理論之
中，巳中藏丙，因此地戶又稱為丙舍。另相傳漢武帝時，宮內用帳
幕放置珍寶，以天干排號，有甲帳、乙帳等等。

　　「楹」即是大廳堂的前柱，一般是兩條大柱相對稱。中國獨特的文
字遊戲對聯，又叫楹聯，因為互相對稱的聯語一般都是掛在楹柱之上。

天干地支

相傳中華民族始祖黃帝命史官大撓作甲子，根據考古學的確實證據，干支的應用最早可追溯至商代，現存商代的卜辭（甲骨文）常有干支紀日的記載。商代的君主除了成湯之外，全都以十天干命名，太甲、盤庚、武丁等名字對於讀過商朝歷史的中國人來說應該不會陌生。商代最後一個君主「紂王」本名帝辛，紂王的稱謂是周武王姬發給他的「惡諡」。

十天干

中國文字因文化演進由簡而繁，十天干與十二地支原本意義大部份已由其他衍生字分擔。在此先略談現代漢語中這二十二個字的常用處。

甲即是第一，如「桂林山水甲天下」，「富甲一方」等等。

乙的本義是象植物屈曲生長的樣子。

丙即是火，以前文人通信，如果涉及機密的事情，發信人多會在信末寫上「付丙」兩字或「付丙丁」三字，意思是要收信人讀信後將信件燒毀，以免內容外泄。

丁解作成年，有所謂男丁，即是成年男子。

戊除了作天干之外，已無甚用處，戊又易與地支中的戌及戍（守邊之意，秦末揭干起義的陳勝吳廣即為戍卒）混淆，有一口訣

96

可以幫助辨別：「橫戌點戍戊中空。」公元二〇一八年剛好對應中國干支紀年的戊戌年，一百二十年前的一八九八年也是戊戌年，當年發生了清末的戊戌變法。

己是第一身的代名詞，如自己。易與已、巳（粵音稚zi6）混淆，亦有一訣謂：「開口己，埋口巳，半口已。」

庚則可解作年紀，即所謂年庚。以前讀書人如果要詢問人家的年齡，都會有禮貌地說道：「請問貴庚？」

辛是五味之一，其餘四味是酸、甘、鹹、苦。常用詞有辛苦，辛酸，辛辣等。

壬癸兩字如戊字一樣無甚用處。因為壬衍生出任、妊等字；癸衍生出揆字。

十二地支

地支除了可紀年月之外，亦可用作計時，這個應用較為人熟知。十二地支配十二時辰，凌晨十二時至一時（00:00-01:00）為日子時、一時至三時（01:00-03:00）為丑時，餘此類推，至晚上十一時至十二時（23:00-00:00）為夜子時。現時國際通用每日二十四小時的劃分，除了由零時到二十三時之外，還有分為上午和下午各十二小時。英語中的（noon）譯為中午或正午，就是上午和下午的分界，a.m.(即ante meridiem) 為上午，p.m.(即 post meridiem）為下午。除了計時，地支亦可用作表示方位，北京紫禁城有一午門，位於正南方，地方戲曲每有將干犯嚴重罪行的官員「推出午門斬首」的情節。

十二地支各自還有其他意義，有些較常用，亦有些較冷僻，下面略舉幾例。

子除了可以解作兒子或子女外，也是對別人的敬稱，大約等於今天的所謂「先生」。如孔子即是孔先生。

丑是中國戲曲中的一種行當，專門負責插科打諢。

寅的本義是「恭敬」。啟蒙讀物《增廣賢文》有云：「一年之計在於春，一日之計在於寅，一家之計在於和，一生之計在於勤。」寅時是天未亮三時到五時之間，古人善用日光，天未光就起床準備當天工作或讀書的安排。後來電燈普及，中國民間改用世界通用的一天二十四小時算法。「一日之計在於寅」就常被改作「一日之計在於晨」，以免混淆誤會。

卯時通常是日出的時間。舊社會常用詞有所謂「點卯」。因為官署在卯時上班，由長官點名，考核下屬的出勤情況，稱為點卯。

辰指天上星體，如「日月星辰」，又有所謂「時辰」，又解作早上。中國古天文學又有所謂「十二辰」，略相當於今天的黃道十二宮。

午時太陽在中天，因此引伸出「上午」「中午」「正午」和

「下午」等時間觀念。

　　未字最常用作表達否定意義，如未曾、未有、未必等等。已、酉、戌和亥等字現代已沒有太大用處。

　　申，由下級向上級請求，如申請、申報等等。

　　但與亥字有關的一句成語倒是值得一提，亥肖豬，豕（粵音此ci2）亦是豬，有所謂「魯魚亥豕」，「魯」比「魚」多了一日，亥豕形似而實不同，用以表示因文字形似而產生的訛誤。

干支的本義

　　干支原本有什麼含義呢？原來干即是「幹」，支即是「枝」，用以代表植物的主幹和分枝。干支的本義在不同的古籍中有些分歧，現據高懷民先生的《兩漢易學史》略作說明。

　　甲指植物種子的外殼裂開。

　　乙字象徵草木萌芽始生時，屈曲出土的形狀。

　　丙即是炳，取炳然見著的意義。

　　丁字象形，表示草木壯盛如傘狀。

　　戊即茂盛。

　　己與紀通，取定形可紀之意。

　　庚即是更。辛與新通。合之則為更新之義。

　　壬通妊、任，解作懷妊、任養。

癸通揆。更新之後，任養在土中，等候揆度出土。

十天干分別為植物生長的分期，自破甲萌生至揆度再欲出土，周而復始。

子通孳，為草木孳生於地下。

丑通扭，為草木扭曲作勢。

寅通演，意為演生。

卯通茆，即是蓴菜，取茆生長冒出地面之義。

辰通伸，伸舒生長。

巳通已，象草木已盛。

午通忤，取忤逆之義，象徵盛極而衰之象漸露。

未通味，物成而有滋味。

申即伸，與屈相對，屈是蓄力作勢，伸是力盡而鬆弛，所以亦有盛極而始衰之意。

酉是盛酒的器皿，象徵穀物收成，可以用來釀酒。許多與酒有關、與發酵醞釀有關的字都從酉字旁，例如喝酒大醉稱為酩酊。

戌即是滅，喻植物至此生機已滅。

亥（粵音害hoi6）即根荄（粵音該goi1），草木生機藏在根荄。

由此可見，天干地支都代表植物生長的循環，兩相比較，甲乙與子丑相近，丙丁戊己又與寅卯辰巳午相近；庚辛和未申酉戌相近；壬癸與亥相近。

肆筵設席，鼓瑟吹笙。陞階納陛，弁轉疑星。

語譯：「皇帝在宮中陳設筵席招待大臣，又命令樂工吹奏各種樂器助興，以示對大臣的禮敬。君臣在宮殿會見時各自步上臺階，皇帝冠冕上纓絡的玉珠，移動時好像天上星辰一般閃亮。」

皇帝以禮樂善待大臣

「肆」是陳列。「設」是擺設。古人蓆地而坐，現在日本仍然流傳這種風俗習慣。「筵」和「席」都是讓人坐的器具。「筵席」的現代用法是指較為隆重的宴會，「席」又可解作座位。

「鼓」是鼓動，作動詞用，不是名詞。「瑟」是類似琴箏的樂器，「笙」是有十幾個簧管的樂器。

樂器又可以稱為「絲竹管弦」，一般以管弦樂為主，中樂西樂都是一樣。管樂是指吹管類，如中國的洞簫、笛，因為中國的吹管樂器大都是用竹來製造，所以「竹」即是「管樂」，與西洋管樂較多以金屬製造不同；弦樂分為拉弦（如二胡）和撥弦（如琵琶，箏等）兩大類，因為弦線多數用絲做成，所以「弦樂」又叫做「絲」。除此之外，還有敲擊樂，如鼓，鈸等。

《詩．小雅．鹿鳴》：「我有嘉賓，鼓瑟吹笙。」周興嗣借用，即是說皇帝禮待大臣，把他們視作嘉賓。

「陞」與升相通，解作進或登。「階」是臺階，大臣進入皇宮

101

中的大殿，都要步上石級。「納」在此解作入。「陛」是殿或壇的臺階，而「陛下」即是皇帝。古代除了皇帝特別親信的大臣可以時常坐下來與皇帝商談國事之外，一般臣下對皇帝說話都是站在臺階下的遠處，臺階上有侍衛保護皇帝。古人認為皇帝是天子，但是臣下不敢直呼天子，於是自稱「在陛下者而告之」。後來「陛下」成為了皇帝的尊稱。

「弁」即是貴族的帽，粵音「便」bin6，出自《詩．衛風．淇奧》：「會弁如星」。

古代禮冠之中以「冕旒」為最尊貴，南北朝以後只有皇帝可以配戴，「冕旒」便成為皇帝的代稱。王維的《奉和聖制暮春送朝集使歸郡應制》：「萬國仰宗周，衣冠拜冕旒。」

皇帝的冠冕頂部有一塊板，叫做延。延的前端有十二條旒，都是穿掛著玉珠，垂在面前，所以玉珠在轉動時便好像天上的星星一般。冕旒遮著皇帝的視線，反映了古人的政治思想不傾向於皇帝太過有為而至察察而明，即是觀察政事細微無遺而自以為精明。因為皇帝是國家元首，宰相才是政府的領袖，政府日常運作應該由宰相去管。

「疑」通擬，在此解作近似。如李白的《靜夜思》：「床前明月光，疑是地上霜。」

「弁轉疑星」一句另有一解，謂階陛廣大，可以同時容納許多大臣，各人的弁多如天星，不可勝數。此解亦通。

右通廣內，左達承明。既集墳典，亦聚群英。

杜稿鍾隸，漆書壁經。

　　語譯：「宮殿建築宏偉，內裏四通八達，右邊通向內廷藏書的廣內殿，左邊則連接承明殿。既集齊了《三墳》和《五典》等上古籍，也匯聚了許多人材。重要的文物包括東漢章帝時杜操的草稿，三國時魏國鍾繇的隸書；還有用漆寫在竹簡上、莊周的《南華經》和孔子舊宅中發現的《古文尚書》。」

保存文物，重視人材

　　廣內殿在建章宮，承明殿在未央宮。都是漢代的宮殿。

　　《三墳》和《五典》是傳說中的上古書籍，前者記載三皇事跡，後者記載五帝事跡。現存的所謂「墳典」都是後人的偽作。

　　《南華經》即是道家的重要典籍《莊子》，因為作者莊周做過漆園吏，又叫《漆書》。這裏的「漆書」又另有一解，因古代無墨，古人便用漆在竹簡上面寫字。但以第一解文理較通。

　　秦始皇曾經「焚書坑儒」，項羽滅秦之後又焚燒阿房宮，秦代以前的典籍便大量佚失。

　　阿房宮的「房」字，有些學者堅持讀古音為「旁」（pong4，在普通話對應páng）而不讀今音（fong4，普通話fáng）。所持的理由是清代學者錢大昕（1728-1804）最先提出的「古無輕唇音」

學說。如我們用最簡單易明的辦法解釋，就是上古漢語沒有「f聲母」的字，今天「f聲母」的字，在古代多讀為「b聲母」或「p聲母」。例如「佛陀」，今天英語譯為Buddha，是對梵文原文的準確音譯。「佛」字在古代漢語就是讀「b聲母」，中古以後改讀「f聲母」，但是因為歷史習慣，我們今天只能「將錯就錯」，不能將「佛」字改回舊讀，更不能將「佛教Buddhism」改譯為「弼教」。對於「阿房宮」的讀音，讀如「房」仍屬可以接受，如果讀到有人讀如「旁」，也不可以輕易批評人家讀錯。

漢朝時民間私藏的書籍陸續被發現，在孔子舊宅的牆壁中發現的《古文尚書》就是「壁經」。

「通」與「達」為近義詞；「聚」與「集」亦為近義詞。

老子，莊子與道家

道家代表人物，以老莊兩人並稱。

老子，舊籍記載謂姓李名耳，字聃，又稱老聃。生卒年不詳，以前被認是春秋時人，現在有較多證據認為是戰國人。

莊子（369 BC - 286 BC），名周，戰國時宋人。

二人都主張清靜無為。古人著書有時沒有書名，因此許多先秦典籍便以作者命名。《老子》（又稱《道德經》）和《莊子》是道家的重要經典。

現存的《老子》篇幅比較短，只有約五千字。《莊子》則有三十多篇文章，在先秦諸子之中算是比較難讀，內容包括許多異想天開的寓言，又以《內篇》中的七篇文章比較重要。

道教的興起，卻在漢朝之後。道教與道家有很大的分別。

因為道家哲學比較重要，當代人中國人除了要認識儒家學說之外，若有餘力，應該略為涉獵《老子》和《莊子》。

書法與書體

秦始皇滅六國之後統一文字，對於中華文化的傳承發展有很大的幫助。以下介紹漢字中比較重要的書體。

篆書，有大篆和小篆之分。小篆又稱秦篆，是秦始皇時李斯為了統一文字，依據大篆規範改省而成。

隸書，是秦代程邈所作。小篆書寫起來仍嫌繁難，而隸書平直方正，為公務繁重的隸佐（胥吏）所用，故此稱為隸書，又稱佐書。

楷書，相傳為鍾繇所作，又稱今隸。

草書，大約在秦漢間始創。

行書，介乎楷書和草書之間，相傳東漢時劉德昇作。

中國孩童初習書法，應該從楷書入手，唐代名家歐陽詢、顏真卿、柳公權都是效法的對像。

府羅將相，路俠槐卿。戶封八縣，家給千兵。

高冠陪輦，驅轂振纓。世祿侈富，車駕肥輕。

策功茂實，勒碑刻銘。

　　語譯：「中央政府聚集有德行才能的文臣武將出任重要官員，皇帝有時會撥出一些縣封給有功的將相公卿作為食邑，或者准許功臣擁有自己的家將親兵。國家有大慶典時，功臣身穿禮服、頭戴高冠，以示隆重，陪伴在皇帝的車駕左右；車輪滾動，使得禮帽上的飾物也振動起來。皇帝不敢薄待功臣，封贈給他們世襲的爵祿財富，功臣出入都有健馬輕車。功勳特別盛大的，還要將他們的事跡刻在石碑或鐘鼎之上，以傳之後世。」

封贈功臣

　　「府」是藏財物或文書的地方，引伸為「聚集」。「羅」是羅致，網羅。「路」是道路。「俠」通夾。在這裏解作夾持、接近。

　　以「府羅」對「路俠」，都是指匯聚人材之意。

　　「將」即將軍，是武官中地位最高的。「相」指宰相、丞相，是文臣中地位最高的。古代大臣常有「出將入相」，即是出外則領兵打仗，回朝亦統領政府。「槐」是指三公。「卿」是指九卿。古時朝廷種植三槐九棘，「三槐」比喻三公，「九棘」比喻九卿。三公九卿是秦漢中央官制之中最高級的官員。

106

「輦」（粵音lim5 臉，本讀音一般字典不收）即是車駕，在此指天子的車駕。「驅」即是驅馳，等於駕駛。「轂」即是車輪。

「祿」是指爵祿（因官爵而得的財富）、俸祿（因公職而得的財富），不是一般的「財祿」。「肥」是指肌肉豐滿，不同於現代解作肥胖的用法；「輕」是輕捷。即是馬匹壯健，車駕輕捷。所以這裏肥與輕並稱也沒有矛盾。又有所謂「肥馬輕裘」，比喻得到較高的社會地位，見《論語．雍也》：「赤之適齊也，乘肥馬，衣輕裘。」赤是指孔門弟子公西赤（字子華）。

「策」是設謀計劃。「功」是功勳。「茂」是茂盛，原本是形容樹木的枝葉濃密，引伸為「盛大」。「實」與「名」相對，表示有實實在在的功勳。

「勒」即是刻。「碑」從石，碑文是刻在石碑上。「銘」從金，銘文是刻在金屬器皿上。二者比起寫在竹簡或紙張上的文字更易於長久保存。又「銘」字於書讀音「明」（ming4），粵語口音則可以讀「「茗」（ming5）」，即由陽平聲讀為陽上聲，是為「變調」。

這裏承上文「亦聚群英」，言群英祿位尊富。

君主制下的中央官制

漢朝的中央官制之中最高級有三公九卿，三公是丞相，太尉和御史大夫。九卿是太常、光祿勳、衛尉、太僕、廷尉、大鴻臚、宗

正、大司農和少府。不是主修中國文史的年青讀者只要知道三公就足夠。

三公相當於總理級，九卿相當於部長級。丞相是文官的首長，太尉是武官的首長，御史大夫既是丞相的副手，亦負責監察。

漢代中央政府的結構已經相當成熟完整。皇室和政府的職權各有側重，即所謂「君權」與「相權」。皇帝是國家的領袖，象徵國家的統一，不輕易撤換。丞相卻是政府的領袖，負責實際的政治運作和責任，可以隨時撤換。

中國以農立國，幅員遼闊，政治上便形成了世襲的君主制度。以今天中國的版圖減去周邊滿、蒙、回、藏等民族聚居的省份，大約就是漢朝時中國的國土範圍。

皇帝和皇室是凝聚民心的象徵，因此不適宜經常更換。但是丞相是政府的代表，如果政治上表現不稱職，政府便要更換最高負責人，這樣對國家和社會的穩定不致影響太大。

皇權和相權依循不成文法劃分，有些事應該由皇帝做，有些事應該由宰相做，兩不相侵，政治就比較清明。皇權侵犯了相權，就容易出獨裁的君主，甚至暴君。相權侵犯了皇權，就容易出權臣，甚至出現改朝換代的情況。

漢唐兩代，政治制度比較隱定，皇權侵犯相權的情況比較少。

磻溪伊尹，佐時阿衡。奄宅曲阜，微旦孰營。

桓公匡合，濟弱扶傾。綺迴漢惠，說感武丁。

俊乂密勿，多士寔寧。

語譯：「伊尹輔佐商湯，太公望輔佐周武王，他們都是上古開國功臣，撥亂反正，開創時代，功勞很高。周公旦是周武王的弟弟，平定了西周初年的變亂，被封在曲阜，即是舊時奄國的土地，沒有他又有誰人能創造出西周初年的盛世呢？春秋時周室衰微，齊桓公九合諸侯，一匡天下，領導其他諸侯，打敗了入侵的異族；救濟弱小、扶持傾危，成為春秋五霸之首。周公旦與齊桓公都因保衛周室而立下大功。漢高祖劉邦原本不大喜歡天性仁厚的太子劉盈，後來太子與綺里季、東園公、夏黃公、用里先生等四位大賢人的交往，劉邦才打消另立嗣君的念頭。傅說（粵音悅jyut9）是商代賢臣，輔佐中興之主武丁，相傳武丁在夢中得上帝指示傅說的容貌，便徵用傅說為相。君主得到眾多才能之士勤勉努力的輔助，人盡其材，國家得以安寧。」

古代賢臣

這裏續談群英，雜舉一些古代賢臣。

磻溪是太公望隱居之處。小說《封神演義》中「姜太公釣魚」的情節，便是指太公望的故事。「佐」是輔佐，「時」是時世，「佐時」即是創造新時代。「阿」是倚靠，「衡」是平衡。「阿衡」又是商朝的官名。「佐時阿衡」合起來又可以解作「天下倚賴這兩個賢臣輔政而得以平治」。「奄」又可以解作「取得」。

齊桓公姓姜名小白，任用管仲為相，是春秋五霸之首。

綺里季、東園公、夏黃公、角里先生是秦漢間人，避亂隱居在商山，合稱「商山四皓」。「皓」是潔白，這裏是皓首的簡稱，指白髮的長者，意在敬老尊賢。《千字文》用一個「綺」字代表「商山四皓」。漢惠帝得四人之助，順利繼承帝位，沒有引起國家混亂。他性格仁慈，雖然沒有建樹，也算是不壞的皇帝。只因生母呂后殘殺他的異母弟，才令他無心政事，在位八年而崩。

「密勿」是勤勉努力。「寔」（粵音實sat9）與「是」相通。

「乂」（粵艾ngaai6），才過千人的是「俊」，才過百人的是「乂」。

較為常用的是「英雄豪傑」。「英」指草木精秀，「雄」指獸類拔群。「豪傑」，才過百人為豪，才過千人為傑；亦有豪放傑出之意。

「匡」是匡正。「合」是會合。

謚號

　　齊桓公的「桓」，漢惠帝的「惠」，都是死後的謚號。古時帝王、貴族、諸侯、大臣、士大夫死後，依照其生前事跡給予謚號作為紀念，這個謚號亦有評價當事人一生功過的用意。「桓」是「辟土服遠」，「惠」是「柔質慈民」。

　　周初始制謚法，秦始皇時廢棄，漢以後又恢復。例如唐代文學家韓愈（768-824）死後被謚為文，故此後世尊稱為韓文公。清代平定太平天國的名臣曾國藩（1811-1872）死後被謚為文正，世稱曾文正公。這些謚號由政府有關官員負責選定，常有名不副實的情況；而民間亦有私人立謚，稱為私謚。

　　此外又有所謂「惡謚」，通常是後一個朝代的君主給予前朝亡國之君負面意義的謚號。如隋朝第二任皇帝楊廣被唐室謚為「煬帝」，煬的意義包括「去禮遠眾」、「好內遠禮」、「好內怠政」。

晉楚更霸，趙魏困橫。假途滅虢，踐土會盟。
何遵約法，韓弊煩刑。起翦頗牧，用軍最精。
宣威沙漠，馳譽丹青。

　　語譯：「春秋時齊國的霸政沒落之後，出現了晉國與楚國競逐諸侯中霸主地位的局面，晉文公、楚莊王都曾名列春秋五霸。戰國中葉以後，秦國因變法而變得強大，齊楚燕韓趙魏等六國困惑於連

横（粵音衡hang4）和合從（粵音如種植的種zung3）兩種不同的戰略之中。春秋時晉獻公利誘虞國，大軍經過虞國的國境滅了虢國，後來再在歸途又滅了虞國。春秋五霸的晉文公在踐土與其他諸侯開會締結盟約。

漢初的丞相蕭何依據漢高祖劉邦的『約法三章』，制定漢代的律法。戰國時韓國的韓非是法家集大成的關鍵人物，法家重視嚴刑峻法，韓非得到秦始皇的賞識，致令同學李斯妒忌而向秦始皇進讒言，後來死在獄中。

戰國時秦國的白起、王翦和趙國的廉頗、李牧等等都是良將，精擅用兵之道。漢代的名將率兵出塞，擊敗北方遊牧民族匈奴，將漢室的威望傳遍沙漠，漢宣帝時命畫匠繪畫功臣的畫像，放在麒麟閣上，好讓他們在歷史上留下美名。」

古代能臣

春秋五霸是齊桓公，宋襄公，晉文公，秦穆公，楚莊王。戰國七雄是齊、楚、燕（粵音jin1煙）、韓、趙、魏、秦。這些都是春秋戰國時代國力比較強的諸侯，當中只有宋國比較弱，而且宋襄公的霸業並不成功。

「更」是更迭替代。

合從（縱）連橫是戰國時代七雄的策略，九流十家中就有從橫

家。①

秦漢之際，劉邦首先攻入當時秦的首都咸陽，有鑑於秦法煩苛，與秦民約法三章，即是「殺人者死，傷人及盜抵罪。」因而大得民心，後來劉邦打敗項羽，建立漢朝。蕭何、張良和韓信合稱「漢初三傑」。

「遵」是遵守，遵從。「弊」是受困。

韓非是法家的代表人物，很受秦始皇賞識，但因受李斯的讒害，死在獄中。

戰國時代的名將除了上述四人之外，還有燕樂毅，齊田單，趙趙奢，魏吳起，齊孫臏等。

「馳」是馬奔跑的動態。「馳譽」即是聲名遠播，一如快馬奔馳。

「丹」是紅色。「青」的本義是天藍色，如成語「雨過天

---

① 《漢書·藝文志》列從橫家（又作縱橫家）為「九流十家」之一。縱橫家出現於戰國至秦漢之際，是以政治、軍事和外交聯盟為主要手段的遊說策辯之士，可稱為中國歷史上最早之外交政治家。

縱橫家並沒有為平民百姓求取安居樂業的崇高政治理想，而是因應當時列國割據紛爭、秦國崛興獨霸的政治現實，事無定主，反覆無常，專以滿足君主要求、求取名位利祿為先。

合縱是遊說六國聯合抗秦；連橫是打破六國合縱政策，利誘六國分別與秦國親善，讓強秦得以逐一擊破六國。縱橫家的手法包括國際間的聯合、排斥、威逼、利誘，不戰而勝，或輔之兵法減少戰爭損失等等。

合縱派的主要代表人物是公孫衍（約公元前360至公元前300）和蘇秦（？-公元前284），連橫派則是張儀（？至公元前310）。

青」，不是一般以為的青綠色。二者都是繪畫用的顏料，所以「丹青」又可以引伸為圖畫。

「馳譽丹青」與上文「策功茂實，勒碑刻銘」相近。

九州禹跡，百郡秦幷。嶽宗泰岱，禪主云亭。
雁門紫塞，雞田赤城。昆池碣石，鉅野洞庭。
曠遠綿邈，巖岫杳冥①。

語譯：「相傳大禹在位時，天下分為九州。西周初年，行封建制度，而郡縣制始於春秋時的晉國。秦滅六國而統一天下，廢除了封建制度，分天下為三十六郡，後來又增至四十郡。到了漢代全國有一百多個郡。

中國著名的山嶽眾多，以泰山為首，因為古代帝王祭祀天地是在泰山下的云云山和亭亭山進行。中國國境遼闊，土地廣大。軍事要地有雁門關和長城，驛站有雞田，名城有赤城，名池有昆池，名山有碣石，名澤有鉅野，名湖有洞庭湖。國境範圍曠闊遙遠，綿邈而無窮極，名山的巖岫亦深杳昏冥。」

---

①「冥」字粵語正讀為陽平聲如「明」，但是口語經常會變讀為陽上聲如「茗」，如「冥冥中有主宰」。

中國國境

相傳大禹時天下共分九州，即冀，梁，雍，徐，青，荊，揚，兗（粵音演jin5），豫（粵音癒jyu6）。

五嶽，東嶽泰山（在山東省），南嶽衡山（在湖南省），中嶽嵩山（在河南省），西嶽華山（在陝西省），北嶽恆山（在河北省）。泰山又名泰岱，向來被認為是五嶽之首。

「封」是祭天，「禪」是祭地。云云山和亭亭山都是在泰山附近的小山，是皇帝封禪的地方。封禪基本上是勞民傷財的舉動。

雁門關在今日山西省。長城又名紫塞，因為秦代長城的泥土以紫色為主。秦始皇統一中國之後將戰國時各國所起的長城連接，西起臨洮（在今甘肅省），東至遼東。明初以秦長城為基礎，重修長城，西起嘉峪關（在今甘肅省），東至鴨綠江，全長一萬多里，故稱為萬里長城。今日的長城只剩下嘉峪關至山海關（河北省）一段保存得較為完好。雞田與赤城都在今河北省。昆池即滇（粵音田tin4）池，又稱鴨池，在今雲南省昆明市旁。碣石亦在今河北省。鉅野原址在今山東省，現在已經乾涸。洞庭湖在湖南省，原本是中國第一大湖，近代因為「圍湖造田」，湖面面積大減，令江西的鄱陽湖變成第一大湖。

這幾句列出一些名山大川，以示中國版圖之廣大。

漢代地方政制

　　漢代時地方的一級行政單位是郡，全國有一百多個郡。長官是郡太守，掌管民政、財政和軍政。太守的官階與九卿同級，因此地位很高，權力很大。郡之下有縣，長官是縣令。

　　後世地方官制的演變，官員的階級越來越多，實際親民官地位低、職權小，地方政治的效率和功能便遠不及漢代。

　　例如漢代的縣是地方行政單位的第二級。清代的縣卻是第五級，上司有府一級、道一級、布政按察一級、總督巡撫一級，因此便有「七品芝麻官」的說法，形容知縣只是七品官，官低權小，人微言輕，難有作為。以我們廣東省為例，南海縣和番禺縣的縣治都設在廣州，上頭有總督、布政使、按察使、廣州府等長官，每天請安也浪費了許多時間，那裏還有精神心力去親民和施政？

近現代中國行政區劃

　　周興嗣要遷就用字及押韻，故而只是舉一些例。

　　現代中國行政分區在清朝基本定形，名稱和管轄區域變化不大。

華南

　　廣東省，在中國南部珠江下游，省會在廣州。簡稱粵，因其地

在春秋時稱為「百粵」。重要城市還有佛山、江門、汕頭、台山、珠海、東莞、深圳。

廣西省，在廣東之西，省會在南寧。現稱廣西壯族自治區。簡稱桂，因秦代曾設桂林郡。重要城市還有桂林、柳州、梧州、北海。

廣東廣西合稱「兩廣」，在晉朝同屬廣州，當時的州是地域很大的行政區。兩廣在唐朝屬嶺南道，蘇軾詩：「日啖荔枝三百顆，不辭長作嶺南人。」宋初分為廣南東路和廣南西路，廣東廣西由此得名。

湖南省在長江中游，省會在長沙。因在洞庭湖以南而得名。湖南與湖北合稱「兩湖」，又因為歷史上與兩廣北部同屬湖廣行省，又稱湖廣。湖南簡稱湘，因省內有湘江。重要城市還有湘潭、衡陽、株州、常德、益陽。

江西省，在長江下游，省會在南昌。在唐朝屬江南西道，江是長江，即是江南地區的西部，並不是那一條「江」的西方。簡稱贛，因省內有贛江。重要城市還有九江、贛州、宜春、撫州。

福建省，在中國東南沿海，省會在福州。本省以清代福州府和建寧府命名。簡稱閩，因秦代有閩中郡，又五代十國時是閩國所在地。重要城市有泉州、漳州、廈門、莆田。

浙江省，在中國東南沿海，省會在杭州。簡稱浙，浙江即錢塘江。重要城市還有紹興、寧波、金華、溫州。

西南

四川省，在長江流域西部，省會在成都。長江多條支流和其他河流流經省內，四川是指那四條河可以說是眾說紛紜，其中一說為岷江、嘉陵江、沱江和烏江。簡稱川或蜀，春秋時有蜀國。重要城市有重慶、宜賓、攀枝花、樂山。現在重慶已升格為直轄市，不再屬於本省。

雲南省，在中國西南，與越南、老撾、緬甸三國接壤，省會在昆明。因在雲嶺之南而命名。簡稱滇，因省內有滇池。重要城市有大理。

貴州省，在雲南之東，省會在貴陽。簡稱黔，秦代有黔中郡。重要城市有遵義。

華中

江蘇省，在長江下游，省會在南京。以清代江寧府（即南京）和蘇州府命名。簡稱蘇，亦稱吳。重要城市還有鎮江、無錫、蘇州、揚州、南通。

安徽省，在長江下游，省會在合肥。以清代安慶府和徽州府命名。簡稱皖，省內有皖山，春秋時有皖國。重要城市有蚌埠、蕪湖、安慶。

湖北省，在長江中游，省會在武漢（前稱武漢三鎮，即武昌、

漢口、漢陽）。簡稱鄂，因春秋時有鄂國。重要城市有襄樊、宜昌、孝感。

華北

河南省，在黃河中游，省會在鄭州。因在黃河以南而命名，但是現時河南省北部其實位在黃河以北，與古書所講的河南地區的範圍不盡相同。簡稱豫，因古代屬豫州。重要城市有開封、洛陽、安陽、駐馬店。

河北省，省會在石家莊。一九二八年以前稱直隸，即直接隸屬中央政府之意。因在黃河以北而命名，但是古書所講河北地區的範圍比現在的河北省為大。簡稱冀，因古代屬冀州。重要城市有唐山、保定、秦皇島、邢台、邯鄲。

山東省，在黃河下游，省會在濟南。因在太行山以東而命名。但是古書所講的山東地區的範圍比現在省境為大。簡稱魯，因春秋戰國時有魯國。重要城市有青島、煙台、濰坊、日照。

山西省，在黃河中游，省會在太原。因在太行山以西而命名。簡稱晉，因春秋時有晉國。重要城市有大同、運城。

陝西省，在黃河中游，省會在西安（即古長安）。因宋朝有陝西路而命名。簡稱秦或陝，因春秋戰國時有秦國。重要城市有咸陽、漢中、寶雞。

甘肅省，在黃河上游，省會在蘭州。以清代甘州（張掖）和肅州（酒泉）命名。簡稱隴，因地在隴山之西，又稱隴西，秦代時有隴右郡。重要城市有天水、武威、張掖、酒泉、敦煌。

東北

黑龍江，中國最北的省分，省會在哈爾濱。因黑龍江流經省內而命名，簡稱黑。重要城市有齊齊哈爾、大慶、佳木斯。

吉林省，在松花江上游，以滿洲語「吉林烏拉」命名，意為「沿江」，即沿松花江之意。省會在長春。簡稱吉。重要城市有吉林市。

遼寧省，在遼河下游，省名取遼河水域永遠安寧之意，省會在瀋陽。簡稱遼。本省舊稱奉天，簡稱奉。重要城市有撫順、旅大（即旅順與大連）、鞍山。

以上三省合稱東三省。

其他

現時中國行政區還有四個省級行政區，即原屬河北的北京和天津，原屬江蘇的上海，原屬四川的重慶。分別簡稱京、津、滬、渝。

北京是中國首都，位於華北平原，是工商業、政治、科學、文化、經濟、交通中心。元明清三代定都於此，元時稱為大都。明代

地方行政設有兩京十三布政使司。布政使司發展為清代的行省。兩京是南京應天府及北京順天府，北京即以此命名。

天津，其地明置天津衛，清置天津府，在海河口，原屬河北省，是華北重要港口及工商業中心。

上海市在長江口南岸，宋代為上海鎮，一九三〇年稱為上海市，原屬江蘇省，為中國重要港口及工商業中心。

重慶，在長江與嘉陵江匯合處，宋代置重慶府，是長江上游經濟文化中心，對日抗戰期間為陪都。因城中心依山而建，有「山城」之稱，現重慶市因治理三峽而升格為直轄市。

台灣省，為中國最大島，與福建相對，簡稱台。省會在台中，近年廢省（官方正式提法是「台灣省虛級化」）。重要城市有台北、高雄。

海南省，即海南島，省會在海口。本省原屬廣東，簡稱瓊，因以前有瓊州。

寧夏回族自治區，在黃河中游，首府在銀川。銀川舊稱寧夏，本省以此命名。簡稱寧。

青海省，在黃河、長江上游，省會在西寧。以省內的大湖青海湖命名。簡稱青。

西藏自治區，在中國西部，首府在拉薩。簡稱藏。重要城市有日喀則。

內蒙古自治區，首府在呼和浩特。重要城市有包頭、鄂爾多斯。

新疆維吾爾自治區，在中國西北部，是中國最大的省級行政區，省會在烏魯木齊。簡稱新。重要城市有伊寧、哈密、喀什、吐魯番。

香港特別行政區，在廣東省珠江口，北接深圳市，清朝時原屬廣東新安縣。簡稱港。一八四二年為英國佔領，一九九七年七月一日回歸中國，成立特別行政區。

澳門特別行政區，在廣東省珠江口，北接珠海市，明朝時原屬廣東。簡稱澳。

第三章總結

這一段由首都的選址，說到政治文化和和政治制度以及人盡其才，達致太平盛世，版圖擴大，呼應第一章的「遐邇壹體，率賓歸王」和「化被草木，賴及萬方」。君主得賢臣之助，知人善用，平治天下：國都所在之建構宏大、皇宮堂殿之壯麗威嚴、典籍文明之鼎盛可觀、英才俊彥之薈萃雲集、山川土地之廣闊遼遠。因為《千字文》的對象是蕭梁皇室中的成員，因此周興嗣便要強調與治理國家有關的知識。

《千字文》第四章註譯

治本於農，務茲稼穡。俶載南畝，我藝黍稷。
稅熟貢新，勸賞黜陟。

語譯：「中國自古以農立國，故此不論治國之道還是治家之道，首要的都是重視農業；最要著重春耕和秋收。我們在南面的田畝耕作，種植黍和稷等穀物。每年秋天穀物成熟之後，農民便要向政府繳交稅款，也有額外獻贈的特產。政府對各級官員定期考績，表現好的得到獎賞，失職的便要降級或革職。」

治農，治家，治國

「治」是治理。

「本」是根本。

「治本」在這裏是指治家和治國的根本。

「務」是致力，如常用語「務求」。

「茲」是這些。

「稼」是種穀。

「穡」（粵音色sik7，不可誤讀作牆）是收獲。

「俶」（粵音蓄cuk7）是開始。「載」是從事。「畝」是面積單位，引伸為耕地。中國的「畝」歷代都有變遷，現在中國市制

123

的一畝約等於667平方米。下面略談英制和公制的「畝」。一英畝（acre）等於 43560 平方英呎，一平方哩等於 640 英畝。一公畝（are）等於 100 平方公尺，一公頃（hectare）等於 100 公畝。一英畝約等於四十多公畝。

「蓺」（藝）是種植。

「俶載南畝」和「我蓺」兩句都是出自《詩經》。

《詩．小雅．大田》：「俶載南畝，播厥百穀。」譯成白話是：「到南面的田畝去耕作，種植各種各樣穀物。」

《詩．小雅．楚茨》：「楚楚者茨，言抽其棘。自昔何為？我蓺黍稷。」譯成白話是：「剷除（抽）那些茂盛（楚楚）的有刺（棘）蒺藜（茨）。為甚麼要這樣做呢？為的是要種植黍和稷。」「蓺」與藝通。

所謂「五穀」是稻、黍、稷、麥和菽。中國的南方多種稻，北方多種麥。「黍」是玉蜀黍，即玉米，廣府人稱為粟米。「稷」，又稱粱、穄或糜，即是高粱。「菽」即是豆。「稷」是穀神，此外「社」是土神，又有所謂「社稷」，引伸為「國家」。

上取下是「稅」，如稅收、賦稅；下獻上是「貢」，如貢獻。政府向人民徵稅，人民向政府納稅，繳交稅款是法律規定的公民義務。貢是自動獻贈，如古時屬國向宗主國的「進貢」。

「熟」是指成熟了的穀物。「新」是指剛好生產出來的特產。

「勸」是勸勉。「賞」是獎賞。「黜」是退。「陟」（粵音即 zik7）是進。因為古代中國以農立國，農耕是政府各級官員、尤其是地方親民官最須要重視的職務，政績優良的可以升職，政績差劣的便要降職，甚至被罷免。

以農立國

中國人常說中國自古以農立國，那可以追溯到周初大力發展農業。

比如說羅馬帝國是以侵略立國，以武力征服周邊的民族，羅馬公民則不事生產。有學者稱為「掠奪式經濟」（plunder economy）。羅馬人繼承了希臘文化，實行議會政治，可是羅馬公民的權利只局限於羅馬原來的公民，因此他們的社會有民主而踐踏外族人的人權。羅馬帝國之開拓版圖，被征服的民族成為奴隸，羅馬人本身不事生產，由奴隸生產供羅馬公民消費。

古代中國不以侵略周邊民族為務，雖然擁有強大軍力，但是兵農合一，自耕自足，與羅馬士兵不從事農務，奴役其他民族不同。

三級產業並重

近代經濟學將生產活動分為第一產業（primary industry），第二產業（secondary industry）和第三產業（tertiary industry）。

　　第一產業包括農業、畜牧業、捕魚業和礦產業等等專注在原材料的行業；第二產業即是製造業（manufacturing industry）；第三產業即是服務業（service industry）。

　　但是在現代社會製造業和服務業其實難以完全劃清界線，包含有「服務」在內的製成品（service enhanced product）就是橫跨第二產業和第三產業的產品。

　　工業革命（Industrial Revolution, 泛指十八、九世紀發源於英國的技術命，是製造技術高速發展的時代）之後，歐美的經濟高速發展，高增值的工業產品大量向發展中國家（developing countries）傾銷，使得許多發展中國家盲目跟風，大力發展製造業而忽略了農牧業。事實上現時歐美發達國家（developed countries）都沒有忽略第一產業的發展，對三級產業並重。

　　中國傳統重農抑商，背後的精神是不希望社會上貧富過份懸殊，不鼓勵奢侈消費，而傳統讀書人一般都是亦讀亦耕。「治本於農」的精神應該這樣理解。

孟軻敦素，史魚秉直。庶幾中庸，勞謙謹敕。
聆音察理，鑑貌辨色。貽厥嘉猷，勉其祗植。

　　語譯：「我們立身處世，可以效法孟子崇尚精純，和史魚穩執正直，二人都是差不多近於中庸之道。要工作勤勞，待人謙遜，處

事謹慎敕戒。與人相處，要細心聆聽他人的言語，思考別人的話是否合理，不可盲從；又要觀察入微，鑑別對方的容貌是善意還是惡意，分辨對方顏色（指面部表情）是喜還是怒。遺留下這些美善的計劃，勉勵後學恭敬自重、立身正道。」

不偏不易是中庸

傳統中國讀書人亦讀亦耕，因此又再轉談個人修身。

孟子（385BC - 303BC），名軻，字子輿。戰國時鄒人，是儒家的另一代表人物，後人稱為「亞聖」，在宋朝以後才被認為地位僅次於孔子。孔子則是「至聖」。因為周興嗣是南朝人，當時孟子的地位不及後世那麼高，所以周興嗣便直斥其名，不作敬稱。

「史」是官名，「魚」是衛國的大夫子魚，因他擔任「史」的官職，故被稱為史魚。孔子雖然稱讚史魚，卻不認為他的人格已達到最高境界。《論語．衛靈公》：「子曰：『直哉史魚！邦有道，如矢；邦無道，如矢。君子哉蘧伯玉！邦有道，則仕；邦無道，則可卷而懷之。』」

「邦」與「國」相近但輻員較大。《詩．大雅．文王》：「周雖舊邦，其命維新。」而當時各諸侯則以「國」稱。

但是現代漢語已不甚重視這個分別。「有道」是指政治上了軌道。「矢」即是箭，比喻正直。「仕」即是做官。「卷」通捲，解

作收，「懷」即是藏。合起來是「自我收藏」，不做官。

　　史魚不管國家是否有道都是直言直諫，其品格好像箭一樣直。但是孔子更稱讚蘧伯玉，認為他可仕則仕，當止則止，更加合乎聖人之道，堪稱君子。

　　宋儒程頤（1033-1107）對《禮記．中庸》的篇名解釋為：「不偏之謂中，不易之謂庸。中者天下之正道，庸者天下之定理。」這裏的「易」（粵音亦jik9）解作變易。

　　「庶幾」即是差不多（「幾」粵音機gei1）。

　　周興嗣說孟子和史魚二人都只是近於「中庸」，因為孔子認為史魚的行為並未達到最高境界，而孟子在南北朝時還未被普遍認定是「聖人」。

　　「勞」即是勤勞。「謙」是恭遜。「謹」是謹慎而不放縱，「敕」是敕戒而不懈怠。「勞」與「謙」是向外表現的行動。「謹」與「敕」是存在於自身的心態。《易．謙》：「勞謙，君子有終，吉。」譯成白話是：「勤勞謙遜，君子行事有始有終，所以得到吉利。」

　　領悟能力高、學習能力強的人，我們會說他「聰明」。

　　「聰」原指「耳聰」，「明」則指「目明」。

　　因此形容耳聾聽不見聲音的人為「失聰」；眼盲看不見影像的人為「失明」。這是委婉語，「失聰人士」、「失明人士」自然比

起「聾人」、盲人（瞎子）順耳一點。但是我們是否歧視傷殘人士，不應僅僅看重怎樣措詞稱呼這些表面功夫。

「聆音察理」，就是耳聰；「鑑貌辨色」，就是目明。

領悟和學習的能力並不是全憑天賦資質，可以靠後天鍛鍊「察理」和「辨色」的本事來提高。聆音不察理便是「聽而不聞」；鑑貌不辨色便是「視而不見」。

處世必須慎言，慎言則建基於觀察入微。

《論語．衛靈公》：「子曰：『可與言，而不與之言，失人；不可與言，而與之言，失言。知者不失人，亦不失言。』」

「厥」和「其」都是代詞。「貽」是遺留，「嘉」是美善。「猷」是計劃、計謀，如常用詞「新猷」。「祗」是恭敬。「植」是種植，引申為樹立正當人格，有如樹木直立而不傾。

以上數句主要談論處人與自處之道。

省躬譏誡，寵增抗極。殆辱近恥，林皋幸即。

兩疏見機，解組誰逼？

語譯：「被人譏刺時要自我反省，將批評視之作為警誡，不應胡亂生氣。假如受上級恩寵過甚，不可得意忘形，以至職權地位都超越了自己的實際能力，這樣就有反受恥辱的危險。此時往往是退隱林泉的適當時候，不應妄自戀棧權位。比如漢朝的名臣疏廣和疏

受叔姪，都身居要職卻忽然解印辭官，又是受了誰人所逼呢？其實都是出於二人自願引退。」

急流勇退

　　「省」是反省。「躬」是自身。「誡」是警誡、訓誡。「寵」是上級對下級、或長輩對晚輩的愛護。「抗」通亢，有位高勢危的意思。如《易．乾》：「亢龍有悔。」亢是至高，全句告誡人如果身處極尊之位，應當以亢滿為戒，否則會有敗亡之禍。常用成語「不亢不卑」，指待人處事恰如其份，既不傲慢自大，亦不低聲下氣。「極」是極至，亦有過度的意思。

　　多樹木之處是「林」。近水處是「皋」。合起來就是野外的地方。「即」解作就近。「機」是時機。

　　「解」是解脫。「組」是指官印上面的綬帶（從系字旁）。「解組」即是解開官印上的綬帶，引伸為將印歸還給政府，辭官不做。

　　疏廣，字仲翁，精於《春秋》之學。漢宣帝在地節三年（67 BC）立皇太子，選疏廣為太子少傅，數月後再徙為太子太傅。

　　疏受，字公子，是疏廣的姪兒，亦以賢良而被任為太子家令。後來漢宣帝臨幸太子宮，由疏受迎接，因為應對得體，被漢宣帝拜為太子少傅。

疏廣當了五年太子太傅之後，皇太子年十二，讀完了《孝經》和《論語》。疏廣便對疏受說道：「功遂身退，天之道。」於是二人同時辭官。疏廣在《漢書》有傳。

「傅」即是老師、師傅。見上文的「外受傅訓，入奉母儀。」太傅、少傅是皇帝的老師；太子太傅和太子少傅則是太子的老師。

漢代重視太子、皇子的教育，選青年才俊為賓友，即後世所謂「陪太子讀書」，這並不是苦差事而是光榮。歷代皇帝並不是一定立太子。太子居東宮，另有官屬，民間相傳「東宮娘娘」、「西宮娘娘」並不真確。

索居閒處，沉默寂寥。求古尋論，散慮逍遙。
欣奏累遣，慼謝歡招。

語譯：「讀書人已經退休下來的話，應要甘於淡泊。決定了退便要全退，即使蕭索獨居，也不應該過份緬懷往昔熱鬧奢華的生活。年紀大了，更應拋開俗務，樂得逍遙自在。這樣就可以祛除煩惱不快，帶來歡欣快樂。」

獨善其身

「索」是蕭索孤獨。「居」與「處」相通。「寂寥」是空虛。「求」與「尋」相通。「散」是解開。「慮」是思慮。

131

「欣」是歡欣。「奏」是引進。「累」是煩惱。「遣」是驅遣。「慼」是不樂。「謝」是辭謝。「招」是招來。

「欣奏累遣」和「慼謝歡招」這兩句意義重覆，而且都是倒裝句，是為了遷就韻腳。原意應是「遣累奏欣，招歡謝慼」。現代書面語較少用韻文，這樣的倒裝句不宜常用，免生誤會。

這幾句承上文疏廣疏受自行引退，討論退休後生活。

戒之在得

人的精神體力有限，但是權位利祿卻是無限。年紀太大，就應該要減少工作量，以免過勞。

《論語．季氏》：「孔子曰：『君子有三戒：少之時，血氣未定，戒之在色；及其壯也，血氣方剛，戒之在鬥；及其老也，血氣既衰，戒之在得。』」

「得」解作貪得。歷史上許多人不知進退之機，老而貪得，容易招致「晚節不保」的惡果。

一般人以為「血氣方剛，戒之在色」，雖然也言之成理，但卻不是孔子的原意。

132

渠荷的歷，園莽抽條。枇杷晚翠，梧桐早凋。
陳根委翳，落葉飄颻。遊鯤獨運，凌摩絳霄。

語譯：「退隱林泉之後，餘暇較多，可以學習種植，認識各種植物的特性，要經常修剪多餘的枝葉。長在水溝裏的荷花光彩絢爛；枇杷耐寒，所以四時不凋，到了歲暮仍然青翠；梧桐樹卻在立秋之後落葉。植物也有生死周期，也有新陳代謝，舊根委謝而死，樹葉在秋天脫落，飄落地上。人類由此領悟到自然萬物變化的奧妙，就像《莊子》的寓言故事中，鯤魚化為鵬鳥，高飛天上。」

索居林皋之樂

「渠」是溝渠。「荷」是芙蕖，即是蓮花，它的地下莖是蓮藕，種子是蓮子，葉是荷葉，都有食用價值。「的歷」是光彩絢爛。

「莽」是茂盛的雜草。又有所謂「草莽」，這個詞原指「雜草叢生」，引伸為地處偏僻的鄉間，甚或發展落後、居民多愚昧無知的地方。再伸為讀書人或有本事的人退居鄉野而不願做官。又可比喻盜賊。「抽」是拔除。「條」是枝條。

「翠」是青綠色。「晚」是指歲晚。

樹木落葉標誌着秋季的開始，即所謂「一葉知秋」。

「陳」是陳舊、陳腐。「委」是委謝。「翳」是自斃。

133

「飄」和「飆」都從風，解作被風吹動。

遊鯤的典故出自《莊子．逍遙遊》：「北冥有魚，其名為鯤。鯤之大，不知其幾千里也。化而為鳥，其名為鵬。鵬之背，不知幾千里也；怒而飛，其翼若垂天之雲。」

「凌」是凌駕，即是超越。「摩」是迫近，如所謂摩天大廈，即是大廈高得好像迫近天空。「絳」是粉紅色。「霄」是天空，如所謂「九霄」、「雲霄」等。

這一小節文字要遷就韻律，忽然加入了《莊子》的故事，比較牽強。寥，遙，招，條，凋，飆，霄都協韻。

耽讀翫市，寓目囊箱。易輶攸畏，屬耳垣牆。

語譯：「讀書人未曾顯達時要效法王充，努力讀書，充實自己。雖然家貧而不能多購買書籍，仍不放棄任何學習機會，在書肆中自學，等待日後有學以致用的機緣。平時對表面上微不足道的事，也要留心而不可大意，不可胡亂說長道短，以防隔牆有耳。」

勤學慎言

「耽」是沉溺，如「耽於逸樂」，但是這裏的「耽讀」並沒有貶義。要求學有成，必須要有熱忱，不論是書本上的知識，抑或是身體上的技藝才能，都是一樣。

「翫」通玩，解作玩味。「市」是市場，在這裏專指「書市」。全句是說王充「沉溺」在書市中的故事。

「寓」是寄托。「囊」即是袋。這句的意思是說王充將目光寄托在囊箱中的書籍。

王充（27 - ?），是東漢時的大思想家，著有《論衡》，《後漢書》有傳。因為家貧，曾在洛陽的書肆中看書。

《論衡》的「衡」字本義是天平，常用成語有所謂「權衡輕重」。影響我們日常生活的「度量衡」制度，就是由政府統一計算長短、容積和輕重的標準。當中「度」和「量」都作動詞用，粵音分別讀如「鐸」和「涼」，不是讀如「渡」和「亮」。

《論衡》的書名是指作者要評定當時流行言論，如同以天平來衡量其價值。此書除了是中國古代重要的哲學論著，還保留了不少中國古代神話，甚具研究價值。

「易」（粵音作容易的易）解作輕忽。「輶（粵音酉）」即是輕。「攸」即是「所」，用法一樣。「畏」是畏懼。「垣」即是牆。

具膳餐飯，適口充腸。飽飫烹宰，飢厭糟糠。

親戚故舊，老少異糧。

　　語譯：「家居膳食，只要口味合適、營養均衡、填飽肚腸就可以。不可過份講究，養成浪費的習慣。吃得飽了，即使再有鮮肉，亦不能引食慾；但是肚子餓時，粗糙的食物也可以滿足。招待親朋戚友就可以吃得略為豐富一些，要為年長和年幼的客人預備合適的菜餚。」

家居飲食

　　以下提及十項與持家有關的事項，飲食是第一項。

　　「宰」是屠宰牲口，引伸為肉類食物。「飫」是厭飫，解作不喜歡。「厭」是厭足，在這裏解作「滿足」，不解作「討厭」解，例如常用成語「貪得無厭」的「厭」就是「厭足」而不是「討厭」。「糟」是酒糟。中國人釀酒，傳統上一般用五穀，酒糟是酒中的穀物渣滓（粵音子zi2，不可錯讀作宰）。米是稻的種子，「糠」是「米皮」，即是種皮，分為「外皮」和「內皮」。

　　「親」是有血統關係的直系親屬。「戚」是姻親，即是原本沒有血緣關係，因為婚嫁而成為親屬。兩者有細微的分別。

　　中國歷史上有許多所謂「外戚干政」，「外戚」是指皇帝母家或妻家的親屬。古代重男輕女，認為父系的親屬比母系親屬關係更

密切，現代人不必拘泥。

中國傳統醫學認為老年人氣血虛衰，消化能力一般比年青人弱得多（如牙齒脫落、腸胃功能衰退）；幼童則是「純陽之體」（意指幼童常在高速發育中），「易寒易熱」；如若飲食不知節制，不但會造成肥胖，而且容易引起各種併發症。所以要「老少異糧」。現代發達國家的民眾普遍營養過剩，更須要注意飲食。

妾御績紡，侍巾帷房。紈扇圓潔，銀燭煒煌。
晝眠夕寐，藍筍象床。

語譯：「舊日農村社會男主外，女主內。紡織、女紅、夏天用的扇、照明用的蠟燭、青藍色的竹蓆、象牙裝飾的睡床都交由妻妾女眷負責打理。」

起居

古時女子沒有職業，所以要主持一家的起居飲食，也常要負責年幼子女的教育，見第二章的「外受傅訓，入奉母儀」。現代女性大都有自己的事業，家務便應該由夫妻雙方共同分擔，但是女子一般比男子細心，故此女子仍難免肩負更大的家務責任。

「御」在這裏是控御。「侍」是侍奉。

「妾」是少妻，中國古代行「一夫多妻制」，許多家境略為充

裕的人都有幾個妻子。此外，「妾」也可作為女子自稱的謙詞。

現時世界上大部份地區都實行「一夫一妻制」（monogamy），那是受了基督教文化的影響。除了與基督教文化同源的猶太民族之外，古代各大文明都容許男性有多個配偶。

婚姻制度每因不同社會的風俗習慣而有異。現時世上仍有些地區容許一夫多妻制（polygyny，在某些回教地區合法）、一妻多夫制（polyandry，在西藏某些地區流行）和群婚制（一些原始部落），但已不多見。

「績」是緝麻，即是將麻的纖維搓成麻線。「紡」是紡紗。而所謂「紡織」，其實是紡紗和織布兩種不同的生產工作。「帷」是大幅的布幔。又有所謂「帷幕」一詞，原本是一般帳幕，後多指軍中指揮部的帳幕。再引伸為泛指謀劃計策的地方。

「紈」是絹布，「紈扇」即是用絹布做的扇。「銀」在這裏是形容火光的顏色。「煒煌」是形容火光耀眼。

「寐」是指閉目養神。「筍」是初生的幼竹，在這裏引伸為竹蓆。「象」在這裏是特指「象牙」。

「夜不能寐」一詞，字面解作晚上無法入睡，近年常被引用。語出西漢名將李陵（?-公元前74）的《答蘇武書》，不過有人認為這是偽作，此下暫時當為李陵所作。

原文是：「涼秋九月，塞外草衰。夜不能寐，側耳遠聽。胡笳

互動，牧馬悲鳴。吟嘯成群，邊聲四起。」說明李陵在塞北荒涼之地，晚上不能成眠的情況。

李陵出征匈奴，以寡敵眾，兵敗投降。漢武帝劉徹（公元前157-公元前87）下令將李陵家人全部處死。蘇武（公平前140-公元前60）曾經出使匈奴，被扣留十九年，與李陵見過數次面。到了漢武帝駕崩，蘇武歸漢，寫信勸李陵回歸漢土。這篇《答蘇武書》就是李陵回絕的信。

三從四德

不論中外，舊社會中男女都很不平等。中國古代要求女子嚴格遵守「三從四德」的規條，明朝以後，女性的社會地位更越見低落。

「三從」是「在家從父」，「出嫁從夫」，「老來從子」。

從是指生活上的依從（主要是依靠）而不是盲目服從。「在家」指未出嫁時，「老來」專指夫死之後，並不是說老來就不必從夫而轉去從子，置夫於不理。

現代社會男女日趨平等，或許可以改為「在家從父母」，「老來從子女」，男女都適用，更不必再講「從夫」或「從妻」。

「四德」是婦德、婦言、婦容、婦功，簡稱「德言容功」。即是品德，言語，儀容，女功。女功又稱為「女工」或「女紅（讀

作工gung1，不讀作紅色的紅）」，指紡織、刺繡和縫紉等工作。「績紡」屬於「婦功」的內容。

離婚與再婚

一般人都知古代有「七出之條」，是男子休棄妻子的條件，其實除此之外還有「三不去」。

七出是無子，淫佚，不事舅姑，口舌，盜竊，嫉妒，惡疾。連「嫉妒」和「惡疾」也可以是離婚的理由。「舅」是指家翁，即丈夫的父親；「姑」是指家姑，即丈夫的母親。七出之條雖然苛刻，卻有三不去，即「有所取無所歸，不去」，「與更三年喪，不去」和「前貧賤後富貴，不去」。即是女方無娘家可歸、女方曾為家翁或家姑守孝三年，以及結婚時貧窮而未發跡、到後來夫得富貴，三種情況下都不能休棄妻子。出自《大戴禮記．本命》。

古代重視喪禮，婦女如曾為夫家尊長（主要是舅姑）守三年之喪，丈夫便不可以七出之條將她休棄。「前貧賤後富貴，不去」則一定程度上保障婦女權益，防止男子地位提升之後便嫌棄妻子。

「七出」和「三不去」見《大戴禮記．本命》，雖然條文如此，但實際情況仍與當時社會環境有關。古代女子可以主動要求離婚，如西漢名臣朱買臣的妻子（事見《漢書．朱買臣傳》）。

至於夫死再嫁，在宋以前更是平常事，宋朝名相范仲淹（989-

1052）的母親亦曾改嫁，范仲淹改姓，後來成年之後才恢復本姓。女子婚姻自由在宋代開始大受侵奪，明清以後更甚。

絃歌酒讌，接杯舉觴。矯手頓足，悅豫且康。

　　語譯：「酒宴時以絃樂歌唱助興，主客互相尊敬，舉杯共飲，適可而止。舉手投足，不可以失禮，這樣才能喜悅安康。」

宴會之樂

　　「杯」和「觴」（粵音雙soeng1）都是盛酒的器物。「矯」是高舉。「悅」是喜悅，「豫」是歡喜，「康」是安康。

嫡後嗣續，祭祀蒸嘗。稽顙再拜，悚懼恐惶。

　　語譯：「四季祭祀先人，應該由嫡子主持，以顯示尊重禮法。行禮時更要必恭必敬，叩首至前額著地，表現對先人的畏懼禮敬。」

慎終追遠

　　《論語．學而》：「慎終追遠，民德歸厚矣。」譯成白話是：「父母或尊親過世要盡哀而不缺禮數，祭祀先人要誠敬地追思，雖年代煙遠亦不改。人民受感化，品德歸於厚道而不忘本。」

古代行一夫多妻制，一個男人的妻子地位各有不同，周朝以前有幾姊妹同嫁一人，或是女子連同婢女同嫁。在多個妻子之中，只有一個是正妻，正妻生的兒子是嫡子。如同皇帝以皇后為正妻，皇后生的兒子是嫡子。正妻以外的妾，或連妾的名份也未有的婢女所生的兒子，都是庶子。

四時祭祀各有專用名詞：春礿（粵音若joek9，與禴相通），夏禘（粵音帝dai3），秋嘗，冬烝（粵音征zing1）。因為要遷就文句的韻律，四中取二，一如前文的「秋收冬藏」。

儒家重視祭禮，是「孝悌之心」的一種表現。並不是要向先人祈求福蔭。所以孔子絕口不提生死鬼神等事。《論語．先進》：「季路問事鬼神。子曰：『未能事人，焉能事鬼？』曰：『敢問死？』曰：『未知生，焉知死？』」

在此簡介一下常用熟語「不問蒼生問鬼神」。唐末詩人李商隱（約813-858）的《賈生》：「宣室求賢訪逐臣，賈生才調更無倫。可憐夜半虛前席，不問蒼生問鬼神。」當中最後一句，經常被用作批評統治者關心鬼神事多於平民百姓的福祉。

漢文帝劉恆（公元前203-公元前157）是西漢明君，歷史學家對他的評價普遍甚高。賈誼（前200-168）是漢初著名思想家、文學家，深得漢文帝器重，但因朝中老臣反對，未能大用。由京師長安（今陝西省西安）外放到長沙（今湖南省長沙），後來召賈誼進

京，在皇宮詳談，當中有談到鬼神事，但不是談話的全部。漢朝人通行跪坐，今天日本仍然通行。君臣就是坐得很近詳談，漢文帝甚至將坐墊移近賈誼（前席，即是將坐下的蓆移前），以便聆教。漢文帝改任賈誼為愛子梁王劉揖（?-前169）的太傅，劉揖意外墮馬而薨，賈誼自責失職，不久憂鬱而死。

一般評論認為李商隱為漢文帝沒有重要賈誼而為賈誼鳴怨，亦有說李商隱是借古喻今，宣洩自己懷才不遇的心情，反而厚誣古人，讓讀者誤會漢文帝了。

儒家最重視以禮法和道德來約束個人行為，而法律的約制反而是輔助手段。孝道是最重要的德行，因此平民對先人的祭禮最為隆重。現代人應知所變通，先人的葬祭不可過份奢侈。

「顙」是前額。「稽顙」是叩首直至前額著地。

君子三畏

人生在世應當對一些事物有所畏懼，否則行為就沒有約束，容易失控，這是「悚懼恐惶」的深層意義。敬畏先人又是敬畏父母的伸延，人初生便受父母教導，年長以後，學問見識甚或道德人格都可能早已超越父母。祭祀時對先人「悚懼恐惶」，實在是敬畏傳統的表現。

《論語．季氏》：「子曰：『君子有三畏：畏天命，畏大人，

畏聖人言。小人不知天命而不畏也，狎大人，侮聖人言。』」

「天命」是正理。「大人」是德高望重的人。「聖人」是聖賢的人，德行比「大人」高出許多。「狎」是輕視。「侮」是戲玩。

人知道「畏天命」便不敢做傷天害理的事；「畏大人」就不敢做違法、或是嚴重妨礙他人的事；「畏聖人言」便會常常參考前人的名言雋語而指導自身言行。故此「三畏」都有積極的意義。

年輕人學問見識尚淺，遇有疑難事應參考師長的經驗。但是成年人卻應更重視自己的主見，不可事事人云亦云，迷信權威。

宋朝名相王安石（1021-1086）曾有「三不足」的名言：「天變不足畏，人言不足恤，祖宗不足法。」這與「君子三畏」剛好相反。當時北宋政府的大臣普遍只知一味守舊，反對王安石主持的變法，所以王安石須要矯枉過正，言論略嫌過激。清朝大學士陳宏謀說：「是非審之於己，毀譽聽之於人，得失安之於數」，與王安石『三不足』背後的精神十分接近，只是環境有異，所以措辭不同。

以「天命」、「聖人言」約束人的行為，與重視對先人的祭祀，二者背後的精神亦十分相近。

牋牒簡要，顧答審詳。

語譯：「與人通信要言簡意賅，好使對方不致於覺得煩厭；面會時談話對答就要審慎，說話的內容要詳備。」

書信與言語上的應酬

　　「牋」和「牒」都是書信。寫信時內容要盡量簡潔，是為了減少無謂的閒話，以節省紙張。古人有「敬惜字紙」的說法，凡是寫有字的紙張都要尊重，不可胡亂拋棄，用意是善用物料。因此，寫信就要力求「簡要」了。

　　「顧」是顧盼的顧，指面見。「審」是審慎。「詳」是精詳。寫信可以深思熟慮才下筆，還可以增刪潤飾。面談就要審慎，因為話說了出來就不能更改，所謂「覆水難收」。又因為不必考慮節省物料，話可以說得詳細，以示誠敬。但即使與好友交談，仍要緊記前文的「聆音察理，鑑貌辨色」，不可以口沒遮攔。

　　近年資訊科技（Information technology）的發展一日千里，令我們日常生活增添了許多方便。但是過度依賴和濫用科技，卻未必對用家有益。

　　許多時手提電話（mobile phone）和電腦ICQ①通訊（即I seek you「我找你」）都有其負面效應。時下許多年青人濫用手提電話，不僅容易多作無謂的交談，而且有一個缺點多數人都沒有察覺。那就是，太方便而頻繁的通電，反而令年青人處事更沒有計劃，更不肯先定好行程才出門。ICQ則大大增加了年青人與朋友間

①本書初版於一九九九年，當時流行的ICQ到今天已被QQ、facebook、微博、微信等新社交媒介取代。它們對人際溝通的不良影響甚至大於ICQ。

談的時間，實在浪費，而且ICQ的特色會令人不假思索便輕率發表意見。另外，與陌生人進行ICQ，在互不相識的情況下，許多人都喜歡說謊話。甚至有許多人因而誤交損友而被性侵犯。

這些新科技雖然帶來不少方便，但必須小心使用，不宜沉迷和濫用。

寫信可以深思熟慮才下筆，與朋友面談應該坦誠，這兩種溝通方式可以訓練年青人待人接物的技巧。

骸垢想浴，執熱願涼。

語譯：「身體污穢時便想洗澡沐浴，感到炎熱時就想得涼快。」

個人衛生與健康

「骸」是指身體，如所謂四肢百骸。「執」是持。

這一段是指出平日要注意身體健康，不宜過冷過熱。

東晉孝武帝司馬昌明（362？- 396）在幼年時，冬天白晝衣衫單薄，晚上睡覺時卻蓋上幾層被。丞相謝安（320 - 385）勸他不要白天過冷，晚上過熱，以致影響健康。孝武帝卻說「晝動夜靜」，所以沒有問題。結果謝安也認為孝武帝言之成理，但是後來孝武帝活不到四十歲就死了。事見《世說新語．夙惠》。

許多長者都有晨運的習慣，風雨不改。但是這種風氣是現代人的想法。古人生活起居重視與天氣配合，春夏「夜臥早起」，秋天「早臥早起」，冬天則「早臥晚起」（見《內經．四氣調神大論》，《內經》是中國現存最早的醫學著作）。

驢騾犢特，駭躍超驤。

語譯：「驢、騾、公牛和小牛都是跑得不快的牲畜，但是受到驚嚇時，可能跳躍奔跑得比駿馬還厲害。」

飼養牲畜

騾是驢與馬交配而生的「混血兒」，實際操作主要是雄驢和雌馬作父母，騾有驢的耐力而沒有驢的頑固，但是天生不育。「犢」是小牛，「特」是公牛。「駭」是驚駭。「超」是超越。「驤」是駿馬。

人是雜食動物（omnivore），古人學會了馴服動物之後，便發展了畜牧業，不必經常打獵。牛馬等家畜又可以負重載物，既可幫助農耕，又可作交通工具用。

這兩句的用意其實與上文「易輶攸畏」相近，並且提醒持家之人不可讓牲口無故受驚。

以前農業社會，大家庭必然會飼養牲畜，供人食用和役使，牲畜是家族的重要資產，所以飼養牲畜被列為治家之道。

147

誅斬賊盜，捕獲叛亡。

語譯：「防禦盜賊，不可姑息養奸。對付嚴重罪犯，應誅殺不貸，反叛逃亡的亦要緝捕歸案。」

禦盜

古人聚族而居，一家人的人口比現代人多得很。古代政府的效率也不及現代那麼高，偏遠地方的農村交通不便，就可能得不到官方的保護，時常要組織自衛隊防盜。

懲罰與教導之間

現代西方的刑事法（Criminal Law）對刑罰的功用有四種看法，即是報復（Retributive），阻嚇（Deterrent），防止（Preventive）和改造（Reformative）。怎樣在這四個原則中取得平衡，在西方國家仍有許多爭議。

「以牙還牙，以眼還眼」或是「殺人者死」就是典型的報復性刑罰，罪犯對受害人做成怎麼樣的傷害，就要他也嘗一嘗同等的傷害。

通常罪輕罰重的，都屬於阻嚇性，例如有些西亞國家對偷竊犯施行斬手刑，就是以極不合理的重刑來阻嚇人不敢輕犯。

防禦性的刑罰就是採取手段令罪犯不可能再犯相同的罪行，無期徒刑（即終生監禁life imprisonment）是其中一個方法，既然犯人終生都要在監獄中度過，便不可能再犯罪。又如曾有一些性侵犯

案的慣性積犯要求法官用藥物將自己「閹」掉，既喪失性能力，便不會再犯了。

改造性刑罰的精神是不把罪犯看成無可救藥，認為可以通過教育改造，令罪犯改過遷善，刑滿後可以變成守法公民，不再犯罪。

中國古代刑律有時比較嚴苛，有時比較寬鬆。大抵在政局動盪時才多枉法行為，所以不必以為中國人一定沒有法治觀念。

布射遼丸，嵇琴阮嘯。恬筆倫紙，鈞巧任釣。
釋紛利俗，並皆佳妙。

語譯：「呂布善於射術，熊宜僚善於弄丸，嵇康善於彈琴，阮籍善於呼嘯。蒙恬發明毛筆，蔡倫發明造紙術，馬鈞的巧藝，任公子釣術。以上八人都有很高明而巧妙的技術，有些可以排難解紛，有些可以利世濟眾。」

雜項技藝

呂布（？-195，死時約四十多歲），字奉先，東漢末九原郡人，是東漢末年割據的軍閥，《三國志》有傳。當時袁術（？-199）攻劉備（162-223，字玄德，三國蜀國的開國之君），劉備向呂布求援。呂布請袁術的部將紀靈和劉備到軍營，在營門舉一戟，聲言如能一箭射中戟的小尖，雙方便要撤軍，結果一射中的。

149

呂布曾誅殺權奸董卓（？-192，字仲穎）有功，一生反反覆覆，《三國志》評他「唯利是視」，與曹操（155-220，字孟德，東漢末權臣，魏國的奠基者）爭戰被擒，遭處死。

熊宜僚是春秋時楚國勇士，善弄丸。楚惠王時，白公勝謀奪取政權，命宜僚殺令尹子西，宜僚不從。《莊子．徐无鬼》：「市南宜僚弄丸，而兩家之難解。」這裏舉呂布與熊宜僚兩人的妙技能為人排難解紛。

嵇（粵音奚）康（223 - 262），字叔夜，三國時魏人。因為不肯依附權臣司馬昭而被殺害，臨行刑時彈奏一曲《廣陵散》，自謂「《廣陵散》於今絕矣」。故事見《世說新語．雅量》。現在「廣陵散」常用作形容成為絕響的事。阮籍（210 - 263），字嗣宗，三國時魏人。阮能長嘯，與嵇康同為「竹林七賢」之一。兩人都在《晉書》有傳。

蒙恬（？ - 220 BC）是秦朝大將，發明毛筆。蔡倫（？ - 121）是東漢時宦官，他總結前代人的經驗，用樹皮、破布等物製造紙張（世稱「蔡侯紙」），是造紙術的發明人。

馬鈞是三國時魏人，善於製造器械，如連弩、發石機等機動武器。任公子善於捕魚，他的故事見於《莊子．外物》。

「釋」是平息。「紛」是紛爭。「俗」是指世俗人，略等於我們今天所謂「社會大眾」。

各種器用與技藝，持家之人不可不知，不可不備。

周興嗣選這些人物，純為遷就用字和協韻。

毛施淑姿，工顰妍笑。

語譯：「毛嬙和西施，是上古著名的美女，一顰一笑都可觀。」

美色宜遠

毛嬙是上古的美女。西施是春秋時越國的美女。越王勾踐被吳王夫差打敗，將西施獻給吳王，企圖迷惑吳王，結果吳王沉迷於美色，疏於政事，後來被越國所滅。

「淑」是美。「姿」是容貌。「顰」（粵音頻pan4）是蹙眉，相傳西施捧心蹙眉時最美，越國有一位貌醜的東施，聽見這事也學起西施來，結果醜上加醜，叫做「東施效顰」。「工」是善。「妍」是美好。愛美原是人類天性，《孟子．萬章上》：「知好色，則慕少艾。」

這裏的好是「好壞」的好（如『君子好逑』），不是「愛好」的好。「少艾」即是少女。

但是過份追求美色，卻足以迷惑人的心智。所謂「酒不醉人人自醉，花不迷人人自迷。」

151

　　而且美與不美是相對而不是絕對，毛嬙的故事，見《莊子．齊物論》：「毛嬙麗姬，人之所美也；魚見之深入，鳥見之高飛，麋鹿見之決驟。」人覺得美好，動物見了卻嚇得逃跑了。「決驟」是疾走的樣子。

　　少年男女對於美貌的異性，應該抱著「發乎情，止乎禮」的態度。

　　以上十項都是治家之道。

十項持家之道

　　周興嗣提及的持家之道是以古時一個大戶人家為準，所以有一部份不一定適合現代人和現代社會。

　　十項由「具膳餐到，適口充腸」到「毛施淑姿，工顰妍笑」。依次是飲食，寢居，宴客，祭祀，應酬，衛生，畜產，禦患，器用，色慾。

年矢每催，曦暉朗曜。璇璣懸斡，晦魄環照。
指薪修祜，永綏吉劭。

　　語譯：「天上的恆星運轉，顯示年歲來去匆匆，晝夜相迫，時光促逝。讀書人應該要勤懇修身以獲福，務求自己的學問可以薪火相傳，不與本身年壽同盡。」

光前垂後

「矢」即是箭，在此專指「漏矢」，即是古代計時器「銅壺滴漏」用的刻箭。「催」是催促。「曦」和「暉」都是從「日」，是日光，如「晨曦」和「春暉」等。現在「春暉」又專指母愛，源自孟郊的《遊子吟》：「慈母手中線，遊子身上衣，臨行密密縫，意恐遲遲歸。誰言寸草心，報得三春暉。」

「璇」和「璣」都是天上的恆星，屬於北斗七星。七星是天樞，天璇，天璣，天權，玉衡，開陽和搖光。「懸」是懸掛，形容恆星懸掛在天上。「斡（粵音挖，又音管）」即是轉動。常用詞「斡旋」，解作扭轉、挽回；或居中周旋、調解。

「晦」是指月亮無光。「魄」是月亮的「體」。

「魂」和「魄」經常並稱，但是二者有很大的分別。前者能夠離開形體而獨立存在，如「靈魂」；後者不能離開形體，如「體魄」。

「薪」是柴薪，古時官員得到政府給予柴薪作為工作的部份報酬，即是現在所謂薪俸、薪金、薪水。「修」是修治。「祜（粵音滸wu2）」是大福。

「永」是永久。「綏（粵音須soei1）」是安撫（如綏靖）或平安，這裏解作平安。「劭（粵音兆siu6）」在這裏解作勸勉。

這一小段的意義與《三字經》的「光於前，垂於後」相近（垂又可以作裕）。

矩步引領，俯仰廊廟。束帶矜莊，徘徊瞻眺。

語譯：「辦正事時要保持威儀，循規蹈矩，舉頭延頸也好像身在廊廟中一樣的謹慎。也要衣著莊重、神情肅穆，一舉一動都要先看清楚周遭的環境。」

個人儀態

規與矩請參考第二章的「切磨箴規」。「引」是伸延。「領」是頸。垂首是「俯」，舉首是「仰」。「廊」是廊廡（粵音舞mou5），即是堂下周圍的屋。「廟」是廟堂。

「矜」（粵音京ging1）是莊重自持。「瞻」是上望或前望。「眺」是遠望。

孤陋寡聞，愚蒙等誚。

語譯：「假如閉門造車，一個人孤單地求學問，不與別人切磋交流，很容易變成無知淺薄的人。一旦成為愚蠢無知的一類人，就會被人譏笑。」

增廣見聞，持家守業

個人處世、修身和治理大家庭的道理變化多端，應當要博學詳考，識見廣闊才可以成功。

「孤」是孤獨。「陋」是鄙陋、淺陋。「寡」是少。「聞」是聽，在這裏指「見聞」，引伸為「學問知識」。「愚」是愚蠢。「蒙」是蒙昧無知。「等」是相類。「誚」是譏誚。

這一段有另一個解法，認為這八個字是周興嗣自謙之詞，這個解說也可通。

謂語助者，焉哉乎也。

語譯：「語助詞的本身雖然沒有意義，但是可以提高文章的可讀性，『焉』、『哉』、『乎』、『也』是常用的四個。」

中文九大詞類

周興嗣寫《千字文》寫到這裏還欠八個字，最後用語助詞湊足字數。

英文有八大詞類（part of speech），即是名詞（noun）、代詞（pronoun）、動詞（verb）、形容詞（adjective）、副詞（adverb）、介詞（preposition前置詞）、連接詞（conjunction）、感嘆詞（interjection）。

古人沒有這樣的分類，但是中文字詞在應用時也可以用英文八大詞類來分析。中文比英文多了「語助詞」，假如運用得宜，「語助詞」可以令語氣更洽當，語意更清晰，語調更諧和。

古文常用的語助詞有「之乎者也矣焉哉」，白話文常用的語助詞有「的了麼呢」等等。

第四章總結

第四章講的是當君子未曾顯達、窮而身在下位時的修身自處之道。即如《孟子．盡心上》：「窮則獨善其身，達則兼善天下。」這並不是說只顧自己，不關心社會。

這一章的結構不及前幾章嚴謹，那是為了遷就協韻和用字不能重覆，所以部份詞句寫得太過簡略，甚至有些牽強。

全章可以分為三部份。

第一部份由「治本於農，務茲稼穡」至「易輶攸畏，屬耳垣牆」，講的是人的出處行藏。

第二部份由「具膳餐飯，適口充腸」至「毛施淑姿，工顰妍笑」，講的是持家之道。

第三部份由「年矢每催，曦暉朗曜」至文末，是補述一些修身的道理。

附錄一：千字文粵普註音

審音：潘國森、楊浩石 (2019)

天 tin1	地 dei6	玄 jyun4	黃 wong4	宇 jyu5	宙 zau6	洪 hung4	荒 fong1
天 tiān	地 dì	玄 xuán	黃 huáng	宇 yǔ	宙 zhòu	洪 hóng	荒 huāng
日 jat9	月 jyut9	盈 jing4	昃 zak7	辰 san4	宿 suk7	列 lit9	張 zoeng1
日 rì	月 yuè	盈 yíng	昃 zè	辰 chén	宿 xiù	列 liè	張 zhāng
寒 hon4	來 loi4	暑 syu2	往 wong5	秋 cau1	收 sau1	冬 dung1	藏 cong4
寒 hán	来 lái	暑 shǔ	往 wǎng	秋 qiū	收 shōu	冬 dōng	藏 cáng
閏 jeon6	餘 jyu4	成 sing4	歲 seoi3	律 leot9	呂 leoi5	調 tiu4	陽 joeng4
闰 rùn	余 yú	成 chéng	岁 suì	律 lǜ	吕 lǚ	调 tiáo	阳 yáng
雲 wan4	騰 tang4	致 zi3	雨 jyu5	露 lou6	結 git8	為 wai4	霜 soeng1
云 yún	腾 téng	致 zhì	雨 yǔ	露 lù	结 jié	为 wéi	霜 shuāng
金 gam1	生 sang1	麗 lai6	水 seoi2	玉 juk9	出 ceot7	崑 kwan1	崗 gong1
金 jīn	生 shēng	丽 lì	水 shuǐ	玉 yù	出 chū	昆 kūn	岗 gāng

註：「宿」字的粵語審音須要臚列大量資料印證，見〈附錄三〉。

劍	號	巨	闕	珠	稱	夜	光
gim3	hou6	geoi6	kyut8	zyu1	cing1	je6	gwong1
剑	号	巨	阙	珠	称	夜	光
jiàn	hào	jù	què	zhū	chēng	yè	guāng
果	珍	李	奈	菜	重	芥	薑
gwo2	zan1	lei5	noi6	coi3	zung6	gaai3	goeng1
果	珍	李	奈	菜	重	芥	姜
guǒ	zhēn	lǐ	nài	cài	zhòng	jiè	jiāng
海	鹹	河	淡	鱗	潛	羽	翔
hoi2	haam4	ho4	daam5	leon4	cim4	jyu5	coeng4
海	咸	河	淡	鳞	潜	羽	翔
hǎi	xián	hé	dàn	lín	qián	yǔ	xiáng
龍	師	火	帝	鳥	官	人	皇
lung4	si1	fo2	dai3	niu5	gun1	jan4	wong4
龙	师	火	帝	鸟	官	人	皇
lóng	shī	huǒ	dì	niǎo	guān	rén	huáng
始	制	文	字	乃	服	衣	裳
ci2	zai3	man4	zi6	naai5	fuk9	ji1	soeng4
始	制	文	字	乃	服	衣	裳
shǐ	zhì	wén	zì	nǎi	fú	yī	cháng
推	位	讓	國	有	虞	陶	唐
teoi1	wai6	joeng6	gwok8	jau5	jyu4	tou4	tong4
推	位	让	国	有	虞	陶	唐
tuī	wèi	ràng	guó	yǒu	yú	táo	táng

弔 diu3	民 man4	伐 fat9	罪 zeoi6	周 zau1	發 faat8	商 soeng1	湯 tong1
吊 diào	民 mín	伐 fá	罪 zuì	周 zhōu	发 fā	商 shāng	汤 tāng
坐 zo6	朝 ciu4	問 man6	道 dou6	垂 seoi4	拱 gung2	平 ping4	章 zoeng1
坐 zuò	朝 cháo	问 wèn	道 dào	垂 chuí	拱 gǒng	平 píng	章 zhāng
愛 oi3	育 juk9	黎 lai4	首 sau2	臣 san4	伏 fuk9	戎 jung4	羌 goeng1
爱 ài	育 yù	黎 lí	首 shǒu	臣 chén	伏 fú	戎 róng	羌 qiāng
遐 haa4	邇 ji5	壹 jat7	體 tai2	率 seot7	賓 ban1	歸 gwai1	王 wong4
退 xiá	迩 ěr	壹 yī	体 tǐ	率 shuài	宾 bīn	归 guī	王 wáng
鳴 ming4	鳳 fung6	在 zoi6	竹 zuk7	白 baak9	駒 keoi1	食 sik9	塲 coeng4
鸣 míng	凤 fèng	在 zài	竹 zhú	白 bái	驹 jū	食 shí	场 cháng
化 faa3	被 pei1	草 cou2	木 muk9	賴 laai6	及 kap9	萬 maan6	方 fong1
化 huà	被 bèi	草 cǎo	木 mù	赖 lài	及 jí	万 wàn	方 fāng

蓋 koi3	此 ci2	身 san1	髮 faat8	四 sei3	大 daai6	五 ng5	常 soeng4
盖 gài	此 cǐ	身 shēn	发 fà	四 sì	大 dà	五 wǔ	常 cháng
恭 gung1	惟 wai4	鞠 guk7	養 joeng3	豈 hei2	敢 gam2	毀 wai2	傷 soeng1
恭 gōng	惟 wéi	鞠 jū	养 yǎng	岂 qǐ	敢 gǎn	毁 huǐ	伤 shāng
女 neoi5	慕 mou6	貞 zing1	絜 git8	男 naam4	效 haau6	才 coi4	良 loeng4
女 nǚ	慕 mù	贞 zhēn	絜 jié	男 nán	效 xiào	才 cái	良 liáng
知 zi1	過 gwo3	必 bit7	改 goi2	得 dak7	能 nang4	莫 mok9	忘 mong4
知 zhī	过 guò	必 bì	改 gǎi	得 dé	能 néng	莫 mò	忘 wáng
罔 mong5	談 taam4	彼 bei2	短 dyun2	靡 mei5	恃 ci5	己 gei2	長 coeng4
罔 wǎng	谈 tán	彼 bǐ	短 duǎn	靡 mǐ	恃 shì	己 jǐ	长 cháng
信 seon3	使 si2	可 ho2	覆 fuk7	器 hei3	欲 juk9	難 naan4	量 loeng4
信 xìn	使 shǐ	可 kě	覆 fù	器 qì	欲 yù	难 nán	量 liáng

註：字現時廣府話「忘」與「亡」同音，都是陽平聲mong4。普通話「忘」讀去聲wàng，「亡」讀陽平聲wáng。《千字文》在「得能莫忘」的「忘」押平聲韻，即是以「忘」「亡」相通，解作「失去義」，所以註音為陽平聲。

墨	悲	絲	染	詩	讚	羔	羊
mak9	bei1	si1	jim5	si1	zaan3	gou1	joeng4
墨	悲	丝	染	诗	赞	羔	羊
mò	bēi	sī	rǎn	shī	zàn	gāo	yáng
景	行	維	賢	克	念	作	聖
ging2	hang6	wai4	jin4	hak7	nim6	zok8	sing3
景	行	维	贤	克	念	作	圣
jǐng	xíng	wéi	xián	kè	niàn	zuò	shèng
德	建	名	立	形	端	表	正
dak7	gin3	ming4	lap9	jing4	dyun1	biu2	zing3
德	建	名	立	形	端	表	正
dé	jiàn	míng	lì	xíng	duān	biǎo	zhèng
空	谷	傳	聲	虛	堂	習	聽
hung1	guk7	cyun4	sing1	heoi1	tong4	zaap9	ting3
空	谷	传	声	虚	堂	习	听
kōng	gǔ	chuán	shēng	xū	táng	xí	tīng
禍	因	惡	積	福	緣	善	慶
wo6	jan1	ok8	zik7	fuk7	jyun4	sin6	hing3
祸	因	恶	积	福	缘	善	庆
huò	yīn	è	jī	fú	yuán	shàn	qìng
尺	璧	非	寶	寸	陰	是	競
cek8	bik7	fei1	bou2	cyun3	jam1	si6	ging6
尺	璧	非	宝	寸	阴	是	竞
chǐ	bì	fēi	bǎo	cùn	yīn	shì	jìng

註：聽（听），古代漢語有平聲和去聲的讀法，《千字文》原文「虛堂習聽」押去聲韻。現在普通話已廢除去聲，故此標為不押韻的陰平聲（第一聲）。廣府話則仍保留陰平聲和陰去聲，故此標為押韻的陰去聲。

162

資 zi1	父 fu6	事 si6	君 gwan1	曰 jyut9	嚴 jim4	與 jyu5	敬 ging3
資 zī	父 fù	事 shì	君 jūn	曰 yuē	严 yán	与 yǔ	敬 jìng
孝 haau3	當 dong1	竭 kit8	力 lik9	忠 zung1	則 zak7	盡 zeon6	命 ming6
孝 xiào	当 dāng	竭 jié	力 lì	忠 zhōng	则 zé	尽 jìn	命 mìng
臨 lam4	深 sam1	履 lei5	薄 bok9	夙 suk7	興 hing1	溫 wan1	清 zing6
临 lín	深 shēn	履 lǚ	薄 bó	夙 sù	兴 xīng	温 wēn	清 qìng
似 ci5	蘭 laan4	斯 si1	馨 hing1	如 jyu4	松 cung4	之 zi1	盛 sing6
似 sì	兰 lán	斯 sī	馨 xīn	如 rú	松 sōng	之 zhī	盛 shèng
川 cyun1	流 lau4	不 bat7	息 sik7	淵 jyun1	澄 cing4	取 ceoi2	映 jing3
川 chuān	流 liú	不 bù	息 xī	渊 yuān	澄 chéng	取 qǔ	映 yìng
容 jung4	止 zi2	若 joek6	思 si1	言 jin4	辭 ci4	安 on1	定 ding6
容 róng	止 zhǐ	若 ruò	思 sī	言 yán	辞 cí	安 ān	定 dìng

篤 duk7	初 co1	誠 sing4	美 mei5	慎 san6	終 zung1	宜 ji4	令 ling6
笃 dǔ	初 chū	诚 chéng	美 měi	慎 shèn	终 zhōng	宜 yí	令 lìng
榮 wing4	業 jip9	所 so2	基 gei1	籍 zik9	甚 sam6	無 mou4	竟 ging3
荣 róng	业 yè	所 suǒ	基 jī	籍 jí	甚 shèn	无 wú	竟 jìng
學 hok9	優 jau1	登 dang1	仕 si6	攝 sip8	職 zik7	從 cung4	政 zing3
学 xué	优 yōu	登 dēng	仕 shì	摄 shè	职 zhí	从 cóng	政 zhèng
存 cyun4	以 ji5	甘 gam1	棠 tong4	去 heoi2	而 ji4	益 jik7	詠 wing6
存 cún	以 yǐ	甘 gān	棠 táng	去 qù	而 ér	益 yì	咏 yǒng
樂 ngok9	殊 syu4	貴 gwai3	賤 zin6	禮 lai5	別 bit9	尊 zyun1	卑 bei1
乐 yuè	殊 shū	贵 guì	贱 jiàn	礼 lǐ	别 bié	尊 zūn	卑 bēi
上 soeng6	和 wo4	下 haa6	睦 muk9	夫 fu1	唱 coeng3	婦 fu5	隨 ceoi4
上 shàng	和 hé	下 xià	睦 mù	夫 fū	唱 chàng	妇 fù	随 suí

外	受	傅	訓	入	奉	母	儀
ngoi6	sau6	fu6	fan3	jap9	fung6	mou5	ji4
外	受	傅	训	入	奉	母	仪
wài	shòu	fù	xùn	rù	fèng	mǔ	yí
諸	姑	伯	叔	猶	子	比	兒
zyu1	gu1	baak8	suk7	jau4	zi2	bei2	ji4
诸	姑	伯	叔	犹	子	比	儿
zhū	gū	bó	shū	yóu	zǐ	bǐ	ér
孔	懷	兄	弟	同	氣	連	枝
hung2	waai4	hing1	dai6	tung4	hei3	lin4	zi1
孔	怀	兄	弟	同	气	连	枝
kǒng	huái	xiōng	dì	tóng	qì	lián	zhī
交	友	投	分	切	磨	箴	規
gaau1	jau5	tau4	fan6	cit8	mo4	zam1	kwai1
交	友	投	分	切	磨	箴	规
jiāo	yǒu	tóu	fèn	qiē	mó	zhēn	guī
仁	慈	隱	惻	造	次	弗	離
jan4	ci4	jan2	cak7	cou3	ci3	fat7	lei4
仁	慈	隐	恻	造	次	弗	离
rén	cí	yǐn	cè	zào	cì	fú	lí
節	義	廉	退	顛	沛	匪	虧
zit8	ji6	lim4	teoi3	din1	pui3	fei2	kwai1
节	义	廉	退	颠	沛	匪	亏
jié	yì	lián	tuì	diān	pèi	fěi	kuī

性 sing3	靜 zing6	情 cing4	逸 jat9	心 sam1	動 dung6	神 san4	疲 pei4
性 xìng	靜 jìng	情 qíng	逸 yì	心 xīn	动 dòng	神 shén	疲 pí
守 sau2	真 zan1	志 zi3	滿 mun5	逐 zuk9	物 mat9	意 ji3	移 ji4
守 shǒu	真 zhēn	志 zhì	满 mǎn	逐 zhú	物 wù	意 yì	移 yí
堅 gin1	持 ci4	雅 ngaa5	操 cou3	好 hou2	爵 zoek8	自 zi6	縻 mei4
坚 jiān	持 chí	雅 yǎ	操 cāo	好 hǎo	爵 jué	自 zì	縻 mí
都 dou1	邑 jap7	華 waa4	夏 haa6	東 dung1	西 sai1	二 ji6	京 ging1
都 dū	邑 yì	华 huá	夏 xià	东 dōng	西 xī	二 èr	京 jīng
背 bui6	邙 mong4	面 min6	洛 lok8	浮 fau4	渭 wai6	據 geoi3	涇 ging1
背 bèi	邙 máng	面 miàn	洛 luò	浮 fú	渭 wèi	据 jù	泾 jīng
宮 gung1	殿 din6	盤 pun4	鬱 wat7	樓 lau4	觀 gun3	飛 fei1	驚 ging1
宫 gōng	殿 diàn	盘 pán	郁 yù	楼 lóu	观 guàn	飞 fēi	惊 jīng

圖 tou4	寫 se2	禽 kam4	獸 sau3	畫 waa6	綵 coi2	仙 sin1	靈 ling4
图 tú	写 xiě	禽 qín	兽 shòu	画 huà	彩 cǎi	仙 xiān	灵 líng
丙 bing2	舍 se3	傍 pong4	啟 kai2	甲 gaap8	帳 zoeng3	對 deoi3	楹 jing4
丙 bǐng	舍 shè	傍 bàng	启 qǐ	甲 jiǎ	帐 zhàng	对 duì	楹 yíng
肆 si3	筵 jin4	設 cit8	席 zik9	鼓 gu2	瑟 sat7	吹 ceoi1	笙 sang1
肆 sì	筵 yán	设 shè	席 xí	鼓 gǔ	瑟 sè	吹 chuī	笙 shēng
陞 sing1	階 gaai1	納 naap9	陛 bai6	弁 bin6	轉 zyun2	疑 ji4	星 sing1
升 shēng	阶 jiē	纳 nà	陛 bì	弁 biàn	转 zhuǎn	疑 yí	星 xīng
右 jau6	通 tung1	廣 gwong2	內 noi6	左 zo2	達 daat9	承 sing4	明 ming4
右 yòu	通 tōng	广 guǎng	内 nèi	左 zuǒ	达 dá	承 chéng	明 míng
既 gei3	集 zaap9	墳 fan4	典 din2	亦 jik9	聚 zeoi6	群 kwan4	英 jing1
既 jì	集 jí	坟 fén	典 diǎn	亦 yì	聚 jù	群 qún	英 yīng

杜 dou6	稿 gou2	鍾 zung1	隸 dai6	漆 cat7	書 syu1	壁 bik7	經 ging1
杜 dù	稿 gǎo	钟 zhōng	隶 lì	漆 qī	书 shū	壁 bì	经 jīng
府 fu2	羅 lo4	將 zoeng3	相 soeng3	路 lou6	俠 hap9	槐 waai4	卿 hing1
府 fǔ	罗 luó	将 jiàng	相 xiàng	路 lù	侠 xiá	槐 huái	卿 qīng
戶 wu6	封 fung1	八 baat8	縣 jyun6	家 gaa1	給 kap7	千 cin1	兵 bing1
户 hù	封 fēng	八 bā	县 xiàn	家 jiā	给 jǐ	千 qiān	兵 bīng
高 gou1	冠 gun1	陪 pui4	輦 lim5	驅 keoi1	轂 guk7	振 zan3	纓 jing1
高 gāo	冠 guān	陪 péi	辇 niǎn	驱 qū	毂 gǔ	振 zhèn	缨 yīng
世 sai3	祿 luk9	侈 ci2	富 fu3	車 geoi1	駕 gaa3	肥 fei4	輕 hing1
世 shì	禄 lù	侈 chǐ	富 fù	车 chē	驾 jià	肥 féi	轻 qīng
策 caak8	功 gung1	茂 mau6	實 sat9	勒 lak9	碑 bei1	刻 hak7	銘 ming4
策 cè	功 gōng	茂 mào	实 shí	勒 lè	碑 bēi	刻 kè	铭 míng

註一：「輦」字廣府話有多讀，現案作者所知語用事實標音為「lim5」，此音許多字書詞典欠收。

註二：「車」字有兩音，普通話「chē」對應廣府話「ce1」，普通話「jū」對應廣府話「geoi1」。普通話只於中國象棋中的「車」讀「jū」，其餘情況統一讀「chē」。廣府話於古代漢語常用的「車水馬龍」「安步當車」、《千字文》的「車駕肥輕」都保留「geoi1」音。

磻	溪	伊	尹	佐	時	阿	衡
pun4	kai1	ji1	wan5	zo3	si4	o1	hang4
磻	溪	伊	尹	佐	时	阿	衡
pán	xī	yī	yǐn	zuǒ	shí	ē	héng
奄	宅	曲	阜	微	旦	孰	營
jim1	zaak9	kuk7	fau6	mei4	daan3	suk9	jing4
奄	宅	曲	阜	微	旦	孰	营
yǎn	zhái	qū	fù	wēi	dàn	shú	yíng
桓	公	匡	合	濟	弱	扶	傾
wun4	gung1	hong1	hap9	zai3	joek9	fu4	king1
桓	公	匡	合	济	弱	扶	倾
huán	gōng	kuāng	hé	jì	ruò	fú	qīng
綺	迴	漢	惠	說	感	武	丁
ji2	wui4	hon3	wai6	jyut9	gam2	mou5	ding1
绮	回	汉	惠	说	感	武	丁
qǐ	huí	hàn	huì	yuè	gǎn	wǔ	dīng
俊	乂	密	勿	多	士	寔	寧
zeon3	ngaai6	mat9	mat9	do1	si6	sat9	ning4
俊	乂	密	勿	多	士	寔	宁
jùn	yì	mì	wù	duō	shì	shí	níng
晉	楚	更	霸	趙	魏	困	橫
zeon3	co2	gang1	baa3	ziu6	ngai6	kwan3	hang4
晋	楚	更	霸	赵	魏	困	横
jìn	chǔ	gēng	bà	zhào	wèi	kùn	héng

假 gaa2	途 tou4	滅 mit9	虢 gwik7	踐 zin3	土 tou2	會 wui6	盟 mang4
假 jiǎ	途 tú	灭 miè	虢 guó	践 jiàn	土 tǔ	会 huì	盟 méng
何 ho4	遵 zeon1	約 joek8	法 faat8	韓 hon4	弊 bai6	煩 faan4	刑 jing4
何 hé	遵 zūn	约 yuē	法 fǎ	韩 hán	弊 bì	烦 fán	刑 xíng
起 hei2	頗 po1	翦 zin2	牧 muk9	用 jung6	軍 gwan1	最 zeoi3	精 zing1
起 qǐ	颇 pō	翦 jiǎn	牧 mù	用 yòng	军 jūn	最 zuì	精 jīng
宣 syun1	威 wai1	沙 saa1	漠 mok9	馳 ci4	譽 jyu6	丹 daan1	青 cing1
宣 xuān	威 wēi	沙 shā	漠 mò	驰 chí	誉 yù	丹 dān	青 qīng
九 gau2	州 zau1	禹 jyu5	跡 zik7	百 baak8	郡 gwan6	秦 ceon4	并 ping1
九 jiǔ	州 zhōu	禹 yǔ	迹 jì	百 bǎi	郡 jùn	秦 qín	并 bìng
嶽 ngok9	宗 zung1	泰 taai3	岱 doi6	禪 sin6	主 zyu2	云 wan4	亭 ting4
岳 yuè	宗 zōng	泰 tài	岱 dài	禅 shàn	主 zhǔ	云 yún	亭 tíng

註：「并」有平聲去聲兩讀，普通話只地名「并」（古代有并州，現時太原市別稱并）讀陰平聲「bīng」（第一聲），其餘各解都讀去聲「bìng」（第四聲）。可是廣府話並無特別區分，都可以讀陰平「bing1」、陰去「bing3」和陽去「bing6」三聲。原作者在此押平聲韻，只能註普通話用不押韻的去聲。

雁 ngaan6	門 mun4	紫 zi2	塞 coi3	雞 gai1	田 tin4	赤 cik8	城 sing4
雁 yàn	门 mén	紫 zǐ	塞 sài	鸡 jī	田 tián	赤 chì	城 chéng
昆 kwan1	池 ci4	碣 kit8	石 sek9	鉅 geoi6	野 je5	洞 dung6	庭 ting4
昆 kūn	池 chí	碣 jié	石 shí	巨 jù	野 yě	洞 dòng	庭 tíng
曠 kwong3	遠 jyun5	綿 min4	邈 miu5	巖 ngaam4	岫 zau6	杳 miu5	冥 ming4
旷 kuàng	远 yuǎn	绵 mián	邈 miǎo	岩 yán	岫 xiù	杳 yǎo	冥 míng
治 zi6	本 bun2	於 jyu1	農 nung4	務 mou6	茲 zi1	稼 gaa3	穡 sik7
治 zhì	本 běn	于 yú	农 nóng	务 wù	兹 zī	稼 jià	穑 sè
俶 suk7	載 zoi3	南 naam4	畝 mau5	我 ngo5	藝 ngai6	黍 syu2	稷 zik7
俶 chù	载 zài	南 nán	亩 mǔ	我 wǒ	艺 yì	黍 shǔ	稷 jì
稅 seoi3	熟 suk9	貢 gung3	新 san1	勸 hyun3	賞 soeng2	黜 zut8	陟 zik7
税 shuì	熟 shú	贡 gòng	新 xīn	劝 quàn	赏 shǎng	黜 chù	陟 zhì

孟 maang6	軻 o1	敦 deon1	素 sou3	史 si2	魚 jyu4	秉 bing2	直 zik9
孟 mèng	轲 kē	敦 dūn	素 sù	史 shǐ	鱼 yú	秉 bǐng	直 zhí
庶 syu3	幾 gei1	中 zung1	庸 jung4	勞 lou4	謙 him1	謹 gan2	敕 cik7
庶 shù	几 jǐ	中 zhōng	庸 yōng	劳 láo	谦 qiān	谨 jǐn	敕 chì
聆 ling4	音 jam1	察 caat8	理 lei5	鑑 gaam3	貌 maau6	辨 bin6	色 sik7
聆 líng	音 yīn	察 chá	理 lǐ	鉴 jiàn	貌 mào	辨 biàn	色 sè
貽 ji4	厥 kyut8	嘉 gaa1	猷 jau4	勉 min5	其 kei4	祗 zi1	植 zik9
贻 yí	厥 jué	嘉 jiā	猷 yóu	勉 miǎn	其 qí	祗 zhī	植 zhí
省 sing2	躬 gung1	譏 gei1	誡 gaai3	寵 cung2	爭 zang1	抗 kong3	極 gik9
省 xǐng	躬 gōng	讥 jī	诫 jiè	宠 chǒng	争 zhēng	抗 kàng	极 jí
殆 toi5	辱 juk9	近 gan6	恥 ci2	林 lam4	皋 gou1	幸 hang6	即 zik7
殆 dài	辱 rǔ	近 jìn	耻 chǐ	林 lín	皋 gāo	幸 xìng	即 jí

兩 loeng5	疏 so1	見 gin3	機 gei1	解 gaai2	組 zou2	誰 seoi4	逼 bik7
两 liǎng	疏 shū	见 jiàn	机 jī	解 jiě	组 zǔ	谁 shuí	逼 bī
索 sok8	居 geoi1	閒 haan4	處 cyu2	沉 cam4	默 mak9	寂 zik9	寥 liu4
索 suǒ	居 jū	闲 xián	处 chǔ	沉 chén	默 mò	寂 jì	寥 liáo
求 kau4	古 gu2	尋 cam4	論 leon6	散 saan2	慮 leoi6	逍 siu1	遙 jiu4
求 qiú	古 gǔ	寻 xún	论 lùn	散 sàn	虑 lǜ	逍 xiāo	遥 yáo
欣 jan1	奏 zau3	累 leoi6	遣 hin2	感 cik7	謝 ze6	歡 fun1	招 ziu1
欣 xīn	奏 zòu	累 lèi	遣 qiǎn	戚 qī	谢 xiè	欢 huān	招 zhāo
渠 keoi4	荷 ho4	的 dik7	歷 lik7	園 jyun4	莽 mong5	抽 cau1	條 tiu4
渠 qú	荷 hé	的 dì	历 lì	园 yuán	莽 mǎng	抽 chōu	条 tiáo
枇 pei4	杷 paa4	晚 maan5	翠 ceoi3	梧 ng4	桐 tung4	早 zou2	凋 diu1
枇 pí	杷 pá	晚 wǎn	翠 cuì	梧 wú	桐 tóng	早 zǎo	凋 diāo

陳 can4	根 gan1	委 wai2	翳 ai3	落 lok9	葉 jip9	飄 piu1	颻 jiu4
陈 chén	根 gēn	委 wěi	翳 yì	落 luò	叶 yè	飘 piāo	飖 yáo
遊 jau4	鯤 kwan1	獨 duk9	運 wan6	凌 ling4	摩 mo1	絳 gong3	霄 siu1
游 yóu	鲲 kūn	独 dú	运 yùn	凌 líng	摩 mó	绛 jiàng	霄 xiāo
耽 daam1	讀 duk9	翫 wun6	市 si5	寓 jyu6	目 muk9	囊 nong4	箱 soeng1
耽 dān	读 dú	翫 wàn	市 shì	寓 yù	目 mù	囊 náng	箱 xiāng
易 ji6	輶 jau4	攸 jau4	畏 wai3	屬 zuk7	耳 ji5	垣 wun4	牆 coeng4
易 yì	輶 yóu	攸 yōu	畏 wèi	属 zhǔ	耳 ěr	垣 yuán	墙 qiáng
具 geoi6	膳 sin6	餐 caan1	飯 faan6	適 sik7	口 hau2	充 cung1	腸 coeng4
具 jù	膳 shàn	餐 cān	饭 fàn	适 shì	口 kǒu	充 chōng	肠 cháng
飽 baau2	飫 jyu3	烹 paang1	宰 zoi2	飢 gei1	厭 jim3	糟 zou1	糠 hong1
饱 bǎo	饫 yù	烹 pēng	宰 zǎi	饥 jī	厌 yàn	糟 zāo	糠 kāng

174

親 can1	戚 cik7	故 gu3	舊 gau6	老 lou5	少 siu3	異 ji6	糧 loeng4
亲 qīn	戚 qī	故 gù	旧 jiù	老 lǎo	少 shào	异 yì	粮 liáng
妾 cip8	御 jyu6	績 zik7	紡 fong2	侍 si6	巾 gan1	帷 wai4	房 fong4
妾 qiè	御 yù	绩 jì	纺 fǎng	侍 shì	巾 jīn	帷 wéi	房 fáng
紈 jyun4	扇 sin3	圓 jyun4	潔 git8	銀 ngan4	燭 zuk7	煒 wai5	煌 wong4
纨 wán	扇 shàn	圆 yuán	洁 jié	银 yín	烛 zhú	炜 wěi	煌 huáng
晝 zau3	眠 min4	夕 zik9	寐 mei6	藍 laam4	筍 seon2	象 zoeng6	床 cong4
昼 zhòu	眠 mián	夕 xī	寐 mèi	蓝 lán	笋 sǔn	象 xiàng	床 chuáng
絃 jin4	歌 go1	酒 zau2	讌 jin3	接 zip8	杯 bui1	舉 geoi2	觴 soeng1
弦 xián	歌 gē	酒 jiǔ	谳 yàn	接 jiē	杯 bēi	举 jǔ	觞 shāng
矯 giu2	手 sau2	頓 deon6	足 zuk7	悅 jyut9	豫 jyu6	且 ce2	康 hong1
矫 jiǎo	手 shǒu	顿 dùn	足 zú	悦 yuè	豫 yù	且 qiě	康 kāng

嫡 dik7	後 hau6	嗣 zi6	續 zuk9	祭 zai3	祀 zi6	蒸 zing1	嘗 soeng4
嫡 dí	后 hòu	嗣 sì	续 xù	祭 jì	祀 sì	蒸 zhēng	尝 cháng
稽 kai2	顙 song2	再 zoi3	拜 baai3	悚 sung2	懼 geoi6	恐 hung2	惶 wong4
稽 qǐ	颡 sǎng	再 zài	拜 bài	悚 sǒng	惧 jù	恐 kǒng	惶 huáng
牋 zin1	牒 dip9	簡 gaan2	要 jiu3	顧 gu3	答 daap3	審 sam2	詳 coeng4
笺 jiān	牒 dié	简 jiǎn	要 yào	顾 gù	答 dá	审 shěn	详 xiáng
骸 haai4	垢 gau3	想 soeng2	浴 juk9	執 zap7	熱 jit9	願 jyun6	涼 loeng4
骸 hái	垢 gòu	想 xiǎng	浴 yù	执 zhí	热 rè	愿 yuàn	凉 liáng
驢 leoi4	騾 lo4	犢 duk9	特 dak9	駭 haai5	躍 joek8	超 ciu1	驤 soeng1
驴 lǘ	骡 luó	犊 dú	特 tè	骇 hài	跃 yuè	超 chāo	骧 xiāng
誅 zyu1	斬 zaam2	賊 caak9	盜 dou6	捕 bou6	獲 wok9	叛 bun6	亡 mong4
诛 zhū	斩 zhǎn	贼 zéi	盗 dào	捕 bǔ	获 huò	叛 pàn	亡 wáng

布 bou3	射 se6	遼 liu4	丸 jyun4	嵇 hai4	琴 kam4	阮 jyun2	嘯 siu3
布 bù	射 shè	辽 liáo	丸 wán	嵇 jī	琴 qín	阮 ruǎn	啸 xiào
恬 tim4	筆 bat7	倫 leon4	紙 zi2	鈞 gwan1	巧 haau2	任 jam4	釣 diu3
恬 tián	笔 bǐ	伦 lún	纸 zhǐ	钧 jūn	巧 qiǎo	任 rén	钓 diào
釋 sik7	紛 fan1	利 lei6	俗 zuk9	並 bing6	皆 gaai1	佳 gaai1	妙 miu6
释 shì	纷 fēn	利 lì	俗 sú	并 bìng	皆 jiē	佳 jiā	妙 miào
毛 mou4	施 si1	淑 suk9	姿 zi1	工 gung1	顰 pan4	妍 jin4	笑 siu3
毛 máo	施 shī	淑 shū	姿 zī	工 gōng	颦 pín	妍 yán	笑 xiào
年 nin4	矢 ci2	每 mui5	催 ceoi1	曦 hei1	暉 fai1	朗 long5	曜 jiu6
年 nián	矢 shǐ	每 měi	催 cuī	曦 xī	晖 huī	朗 lǎng	曜 yào
璇 syun4	璣 gei1	懸 jyun4	斡 waat8	晦 fui3	魄 paak8	環 waan4	照 ziu3
璇 xuán	玑 jī	悬 xuán	斡 wò	晦 huì	魄 pò	环 huán	照 zhào

指	薪	修	祜	永	綏	吉	劭
zi2	san1	sau1	wu2	wing5	seoi1	gat7	siu6
指	薪	修	祜	永	绥	吉	劭
zhǐ	xīn	xiū	hù	yǒng	suí	jí	shào
矩	步	引	領	俯	仰	廊	廟
geoi2	bou6	jan5	ling5	fu2	joeng5	long4	miu6
矩	步	引	领	俯	仰	廊	庙
jǔ	bù	yǐn	lǐng	fǔ	yǎng	láng	miào
束	帶	矜	莊	徘	徊	瞻	眺
cuk7	daai3	ging1	zong1	pui4	wui4	zim1	tiu3
束	带	矜	庄	徘	徊	瞻	眺
shù	dài	jīn	zhuāng	pái	huái	zhān	tiào
孤	陋	寡	聞	愚	蒙	等	誚
gu1	lau6	gwaa2	man4	jyu4	mung4	dang2	ciu3
孤	陋	寡	闻	愚	蒙	等	诮
gū	lòu	guǎ	wén	yú	méng	děng	qiào
謂	語	助	者	焉	哉	乎	也
wai6	jyu5	zo6	ze2	jin1	zoi1	fu4	jaa5
谓	语	助	者	焉	哉	乎	也
wèi	yǔ	zhù	zhě	yān	zāi	hū	yě

附錄二：中國歷代簡表

朝代		起	迄	君主姓	備註：開國與滅亡
夏		公元前 21 世紀	公元前 16 世紀	姒	禹受禪，桀失國
商		公元前 16 世紀	公元前 11 世紀	子	湯革命，紂（辛）失國
周	西周	前 1111	前 771	姬	武王革命，幽王被殺
	東周	前 770	前 256	姬	平王東遷，滅於秦
	春秋	前 770	前 476		春秋五霸
	戰國	前 475	前 221		戰國七雄
秦	秦紀年	前 255	前 221	嬴	秦滅周、滅六國統一
	統一後	前 221	前 207	嬴	項羽亡秦
漢	西漢	前 206	8	劉	劉邦建漢，篡於王莽
	新	9	23	王	王莽改制亡國
	東漢	25	220	劉	劉秀中興，篡於魏
三國	魏	220	265	曹	曹丕受禪，篡於晉
	蜀	221	263	劉	劉備稱帝，滅於魏
	吳	222	280	孫	孫權稱帝，滅於晉
晉	西晉	265	316	司馬	司馬炎篡魏滅吳，滅於五胡亂華
	東晉	317	420	司馬	司馬睿南渡，篡於宋
南朝	宋	420	479	劉	劉裕篡晉，篡於齊
	齊	479	502	蕭	蕭道成篡宋，篡於梁
	梁	502	557	蕭	蕭衍篡齊，篡於陳
	陳	557	589	陳	陳霸先篡梁，滅於隋
北朝	魏	386	534	拓跋 元	拓跋燾統一北方、後分東西
	東魏	534	550	元	高歡專政
	西魏	535	556	元	宇文泰專政
	北齊	550	577	高	高洋篡東魏，滅於北周
	北周	557	581	宇文	宇文覺篡西魏，篡於隋
隋		581	619	楊	楊堅篡北周滅陳，楊廣亂亡

朝代		起	迄	君主姓	備註：開國與滅亡
唐		618	907	李	李淵統一，篡於後梁
五代	後梁	907	923	朱	朱溫篡唐，滅於後唐
	後唐	923	936	李	李存勗滅梁，後晉繼
	後晉	936	947	石	石敬瑭得國，後漢繼
	後漢	947	950	劉	劉知遠得國，後周繼
	後周	951	960	郭、柴	郭威得國，篡於宋
宋	北宋	960	1127	趙	趙匡胤得國，滅於金
	南宋	1127	1279	趙	趙構南渡，滅於元
	遼	907	1125	耶律	耶律阿保機開國，滅於金
	金	1115	1234	完顏	完顏阿骨打開國，滅於蒙古
元		1271	1368	奇渥溫	忽必烈入主中原，為明所逐
明		1368	1644	朱	朱元璋復漢，滿清繼
清		1644	1911	愛新覺羅	順治帝入關，宣統帝遜位

附錄三：「宿」字廣府話審音及其背後與學理無關的糾紛

（一）普通話必須統一審音的原因

「普通話」一詞的語源可能近似英語的「common language」，英文原詞除了可以譯作「普通話」之外，譯為「通行語」亦佳。今天的「普通話」正正是通行於全中國的官方語言。

現代中文字的「普通話」審音，是中央政府該管的事。先由國務院有關部門定出政策，再交由漢語語言學界的專家聯合審議。

中國自秦始皇嬴政（前259至前210）實行「書同文」的國策，到了漢代全中國所用的漢字大體統一；但是語言卻沒有統一。到了今天，全國漢語方言共有七大變體，簡介如下：

（一）官話

官話又稱官話方言、北方方言，通用地區最廣，包括華北、華中、東北、西北等省市。「普通話」是一種人為方言，以北京話為藍本，但又不完全等同北京話。官話方言之中，還有「晉語」（晉是山西省的簡稱）這一門分支。其實官話方言各省的口音都有差異，東北話和四川話就不一樣，甚至到了中華人民共和國成立以後，仍保持很多在一省之內，不同地區方言都有開闊的情況。

（二）閩語

閩是福建省的簡稱，閩語主要通行於福建、台灣和東南亞一些華僑社群。台灣在清初隸福建省，清末才置台灣省。現時許多台灣居民日常講的所謂「台語」和廣東人提到的「福建話」，其實就是「閩南話」。

（三）粵語

粵是廣東省的簡稱，廣東廣西又合稱兩廣、兩粵。粵語通行於兩粵、東南亞和海外一些華僑社群。粵語中的「廣府話」有點似「粵方言區的普通話」，以廣州話中「西關口音」為正宗。現時「粵語」、「廣東話」等不同用詞，其實就是指「廣府話」。

（四）吳語

吳是江南地區的別稱，吳語主要通行於江蘇、浙江兩省，亦包括部份安徽省。安徽省的「徽語」常被視為「吳語」的分支。香港粵籍人士較多籠統地將「吳語」泛稱為「上海話」。

（五）客語

客語又稱「客家話」，通行地區比較分散，主要散落在東南各省。廣東、福建、台灣、江西、湖南等地都有客家人聚居。客家人的祖輩，大多是中古時代因逃避戰亂或追尋新生活而南遷的中原居民，此所以客語保留相當多的中古漢語特徵。

（六）湘語

湘是湖南省的簡稱，湘語主要通行於湖南省。

(七) 贛語

贛是江西省的簡稱，贛語主要通行於江西省。

七大方言系之中，有不少粵人、閩人和客家人很熱衷拿自己的方言母語於爭奪古代漢語的正宗，有些人甚至認為唐朝以前，中原人講的官話就是他們今天的母語方言（粵語、閩語、客語），這些聲稱都未有確切的證據①。

上文簡介了漢語系統有多複雜。普通話作為一種全國通用的人為方言，為了便利全國人民有效溝通，於是有需要由政府牽頭統一讀音，辦法是延聘全國漢語語言學的權威學者，組成審音委員會長期協作，持續不定期更新標準讀音。如浩石在他序言中介紹，每次審音工作告一段落，都發表「徵求意見稿」，聽取全國學者和用家的意見，然後才定稿作實。

(二) 「何文匯歪音」的濫權僭越

現在回到廣府話的「審音爭議」。

---

①董同龢《漢語音韻學》：「有人說，某方言中某些字的讀法就是古音；或者說，某方言保存古音最多；又或者說，某方言全部是古語的遺留。那些都是絕對不合事實的無稽之談。打個比方，某人有若干子孫，每個子孫都多多少少地有些地方像他的祖先；然而我們可以說某子孫的鼻子就是他祖先的鼻子，甚或說某人就是他的祖先復活嗎？大家不要忘記，語言是在一天天地變的。」

首先，廣府話雖然有點似「粵方言入面的普通話」，但是粵方話畢竟是一種方言，沒有迫切須要去由官方統一讀音。

其次，在上世紀末香港和澳門未回歸中國之前，省（指廣東省會廣州）港澳三地雖然有文化交流，但是沒有管治上的從屬關係，畢竟香港仍被英國佔領、澳門則被葡萄牙佔領。假如三地之一要「統一讀音」，都沒有條件要求其他兩地跟隨。

實情是所謂「粵語正音」完全是香港一些人濫權僭越去胡作非為的鬧劇，廣州（以至整個兩粵地區）和澳門官方民間都沒有參與，或被邀請參與。

香港電台是香港政府公營電台，台長由政府的廣播處長擔任。上世紀八十年代中葉，廣播處長張敏儀（1946-）下令電台所有廣播節目的粵語讀音必須統一，包括香港電台屬下電視部製作的電視節目和電台的語音廣播節目。新讀音主要按照香港中文大學教務長何文匯（1946-）提供的「日常錯讀字表」去「正音」。

其中最令香港社會輿論嘩然的「正音」，是在何文匯影響之下，張敏儀指令「時間」一詞的「間」，不可以讀如「澗」（gaan3，陰去聲）而必須要讀如「艱」（gaan1，陰平聲）！

何文匯自稱的「正音」可說是聲名狼藉！有廣州市民戲謔地譏諷為「野仔音」，「野仔」者，父親身份未明的私生子也！香港地區則有罵為「邪音」「妖音」「病毒音」等等。筆者遲至踏入二十一世紀後才開

始關注這個所謂「正音」問題，認為稱呼何文匯一人獨裁的「正音」為「何文匯歪音」，似是最為平實通徹。

「何文匯歪音」出世，是政府一個官員再加一家大學的一個教職員，聯合濫權僭越的產物。張敏儀統領的香港電台一不是教育部門、二不是學術部門，憑甚麼去「正音統讀」？何文匯當時的正職是大學的教務長，不是漢語語言學入面粵方言學的權威，他又憑甚麼去壟斷「審音」而一個人說了算？即使大學教授借助官方威權去「正音」，則香港不止一家「香港中文大學」，每家大學都有專家學者在研究粵方言學，香港電台憑甚麼將其他所有大學教授掃地出門？實情是有許多學者抱怨多年來，連番邀請何文匯出席粵方言的學術會議，都被忽視。

結果「何文匯歪音」擾亂了香港中文大學與及許多中小學的語文教學數十年！期間不屬於大學教育體系的民間讀書人反抗「何文匯歪音」用功最勤，畢竟他們不牽涉入專上教育資源的爭奪，不必考慮「學術界」圈子入面的「情面」，可以只論學術而不用擔心影響教席。

經歷數代民間讀書人鍥而不捨的努力，「何文匯歪音」總算偃旗息鼓，香港電台終於停止了公然宣揚推廣「何文匯歪音」。

近年何文匯竟然反口！從上世紀八十年代說「時間」必須讀如「時艱」，在三十多年後，說「時間」讀「時潤」或「時艱」都可以！

名為「粵語正音運動」而實為「何文匯歪音亂港」的事件，問題的根源在於「行政干預學術」，由廣播處長欽點一個大學教職員做權威，

事情就是這麼的簡單！

　　這場風波與我們學習《千字文》關係不大，就此打住，筆者日後還會另外刊行專著，以深入探討評論。

(三) 韻文創作才是廣府話審音的實際需要

　　普通話全國通用，因此「普通話審音」必須由中央政府的權威機關授權處理。專家學者不定期公佈一階段的成果，並向全國徵求意見。這樣公平、公正、公開的辦法，可以說是十幾億中國人都有參加的機會和權利，那怕你只有小學學歷，都可以向審音委員會反映。審音的專家都無私心，有任何爭議都是學術問題學術解決。

　　廣府話是方言，沒有迫切須要統一讀音。

　　廣府話的實際用家，還可以分為「普通老百姓」和「詩人詞客」兩大類。

　　普通老百姓只需要日常有效溝通，學有餘力，才去接觸深奧不易明的經典，政府只能鼓勵讀書風氣，要求在學學生學業水平達到某個基準，額外的學習就應該交給民眾自己決定。

　　詩人詞客都是生活上有餘暇，選擇參與韻文創作那些風雅事，就是讀書人喜歡的高級文字遊戲，這些文化活動才有須要嚴格「審音」。

　　今天中國讀書人要創作律詩絕句，要用「平水韻」。

　　創作宋詞，主要依據清人戈載 (1786-1865) 的《詞林正韻》。

創作北曲，多依元代周德清（1277-1365）的《中原音韻》。

創作粵曲，要用粵曲韻，主要參考《分韻撮要》（十八世紀刊行，作者不詳）和陳卓瑩（1908-1980）的《粵曲寫唱常識》（或其他同類著作）。

以上這些韻書規定的讀音，與普通話存在或多或少不同的差異，這些分歧不影響老姓的日常生活，政府也就不必主導審音工作。詩人詞客的作品是否符合詩律、詞律、曲律，內行人自理就可以，亦不必政府操心。

韻文創作是一理，韻文誦讀又是一理。

我們都知道以普通話「入派三聲」，因為漢語語言的歷史發展，入聲字在官話方言都改讀到平、上、去三聲。詩人詞客要作詩填詞，都要當為入聲字仍然存在去辦。但是到了以普通話誦讀時，因為普通話已沒有入聲字，便只能按現在普通話來讀。

可是我們粵籍人誦讀詩詞，又是另一種做法。有些時候為了保留押韻，會讀出已不通用的讀音。例如「過」字，在古代有平聲和去聲兩讀，今天普通話和廣府話都只剩下去聲。當我們廣東人誦讀格律詩詞，遇上「過」字押平聲韻時，就要讀如「戈」（gwo1）！

（四）廣府話審音：以「宿」字為例

廣府話審音，如果要認真行事，可以很複雜，下文引自筆者拙著

187

《基本中文》（二〇一二）：

「何文匯歪音」之「星宿」必讀【星秀】

　　現時許多通行字典，都認為「星宿」的「宿」在廣府話應讀如【秀】。

　　字典是否一定正確？

字音字義

　　「宿」字在廣府話最常用讀音為陰入聲【肅suk7】，對應普通話去聲[sù]。

　　此外，就是許多字典強調的陰去聲【秀sau3】，對應普通話去聲[xiù]。

　　「宿」字是象形字，本義是「人躺在室內的蓆上」。《說文解字》：「宿，止也。」引申為「夜宿」（晚上靜止下來，一般必包含休息、睡覺）。「宿舍」、「留宿」、「棲宿」等詞都取此義。

　　「星宿」一詞，顯然解作「星辰止宿之處」。按「音義相應」的原則，「星宿」的「宿」意義既沒有劇變，除非是「約定俗成」，否則沒有「專詞專讀」的道理。

讀【秀】的依據、《廣韻》的結論

　　「何文匯歪音」提出的依據是《廣韻》：

　　　　「宿」：「息救切。」解云：「星宿……」

學生如果完全信任「何老師」，就會「撞板」！

原文是:

秀……息救切……宿，星宿，亦宿留。又音夙。（《廣韻．去聲四十九宥》）

按《廣韻》原文的用意，顯然是「宿」讀去聲【秀】時共有兩個用例。

（一）星宿。

（二）宿留。

據上文下理去理解，《廣韻》編者的觀點是「星宿」可讀【星秀】，同時「留宿」亦可讀【留秀】。

至於「又音夙」，則可以有兩種理解。

（一）「星宿」也可以讀【星夙】，而同時「宿留」也可以讀【夙留】。

（二）「宿」字在某些語境可以讀【夙】而沒有指明「星宿」或「宿留」。

為甚麼何君只抄「息救切……星宿」，而不是「息救切……星宿，亦留宿」呢?

這有兩個可能。

（一）何君沒有看到緊貼在「星宿」之後的「亦留宿」三個字。

（二）何君知道「亦留宿」而故意漏抄。

189

假如實情是（一），就可以反映何君做學問時太過輕率兒戲；當然也有可能是交付給研究能力未合格的「助手」代勞。自己偷懶，就要承擔下屬失誤的後果。

假如實情是（二），就是明目張膽地閹割《廣韻》原文了！

按照《廣韻》的說法，「星宿」和「留宿」的「宿」，都是既可同讀【秀】，也可同讀【夙】（肅）！

如果何君認為「星宿」只能讀【星秀】而不能讀【星肅】，那麼他也應該同時教學生「留……宿」也讀如【留秀】才是!

旁證：《康熙字典》

「留宿」的「宿」可以讀【秀】，《康熙字典》舉了晉初辭賦家左思《吳都賦》的押韻句：

思假道於豐隆，披重霄而高狩。

籠烏兔於日月，窮飛走之棲宿。

現時許多字書都標「狩」字廣府話讀音為陰去聲【秀sou3】，口語則多讀陰上聲【手sou2】。

「棲宿」與「留宿」的「宿」顯然同義。

段玉裁的觀點

清儒段玉裁的《說文解字注》認為：「按去聲息救切。此南北音不

190

同。非有異義也。星宿，宿留非不可讀入聲。」也就是說「宿」字有南方人讀音和北方人讀音的差異。南人讀入聲，北人讀去聲。

據此，我們廣府話大可「星宿」、「留宿」都讀【夙】，北方人則是「星宿」、「留宿」都讀【秀】。

今天廣府人可以選擇不理會父祖的習慣，跑去學北音將「宿」都讀如【秀】。但是跟何君一樣，堅持「星宿」讀【秀】而其餘「留宿」等都讀【夙】，在道理上就說不通了。

佐證：古代韻文的押韻

何君推廣「何文匯歪音」其中一個手法，是引用中古時代韻文的平仄和韻腳來支持他的說法。

這樣就混淆了「詩白」和「口白」。

需知語音在變，學寫格律詩詞的人在寫詩填詞的時候要嚴格依從中古時代的格律。但是普通中國讀書人如果不是立志做詩人詞客，日常生活依照「口白」就可以。

例如「銘」和「冥」，寫詩、誦詩時要讀陽平聲【明ming4】，日常口語就可以讀陰上聲【皿ming2】。如《千字文》的「策功茂實，勒碑刻銘」和「曠遠綿邈，巖岫杳冥」，句腳要讀陽平聲【明】才押韻。但是日常口語講到「座右銘」、「冥王星」都應該讀陰上聲【皿】。

此下舉格律詩詞押韻的實例作佐證。

「星宿」讀【星秀】：

陸游《讀何斯舉黃州秋居雜詠次其韻》

少年去國時，不忍輕出畫。

晚歸補省郎，但覺慚列宿。

人豈不自揣，幸矣老雲岫。

知止詎敢希，要且避嘲訕。

誰將有限身，遺臭古今宙。

人誅雖或逃，陰陽將汝寇。

此詩畫、宿、岫、訕、宙、寇押去聲韻，當中的宿當然讀【秀】而不能讀【夙】。陸游是南宋著名愛國詩人，「列宿」即是「各個星宿」，足證南宋時有詩人讀「星宿」如【星秀】。

「星宿」讀【星夙】：

（一）南宋楊炎正《滿江紅》

豹尾班中，誰一似、神仙冠玉。認得是、當年唱第，斗間星宿。萬卷平生都看了，如今鏟地無書讀。向雲霄、去路有行堤，沙新築。

黃封酒，生朝祿。金縷唱，生朝曲。且通宵一醉，剩裁紅燭。待做真宰相，黑頭坐對三槐綠。問恁時、猶有甚除書，長生籙。

當中玉、宿、讀、築、祿、曲、燭、綠、籙押入聲韻，「宿」只能讀【夙】不能讀【秀】。楊炎正也是南宋時人，結合前引陸游詩，足以證明當時詩人詞客可以自由選擇「星宿」的「宿」讀【秀】或【宿】。

（二）白居易《宿溪翁時初除郎官赴朝》

眾心愛金玉，眾口貪酒肉。

何如此溪翁，飲瓢亦自足。

溪南刈薪草，溪北修牆屋。

歲種一頃田，春驅兩黃犢。

于中甚安適，此外無營欲。

溪畔偶相逢，庵中遂同宿。

辭翁向朝市，問我何官祿。

虛言笑殺翁，郎官應列宿。

當中肉、足、屋、犢、欲、宿、祿、宿都押入聲韻，兩個「宿」都只能讀【夙】而不能讀【秀】。「同宿」的「宿」，與棲宿、留宿、住宿等同義；「列宿」的「宿」與星宿同義。

結論：【星肅】不是「日常錯讀」

「何文匯歪音」很輕率的判「星宿」讀如【星肅（夙）】為「日常錯讀」，顯然跟何君聲稱的「審音標準」不符。

從「劉殿爵歪音」到「何文匯歪音」，可見這個「學派」的學風不甚嚴謹，論證比較馬虎。我們要結結實實地推翻一個「何文匯歪音」，無可避免要大量的腦力勞動。

即使要幫助大學生、中學生、小學生重新認識和評價「何文匯歪

音」，暫時也不可能用比較嚴格的學術辯難去處理每一個「何文匯日常錯讀」。不過，本書對個別字詞的深入討論，應該可以證明「何文匯歪音」的整體水平，在漢語語言學是不合格的。

（筆者按：本節所舉的詩詞實例，多承文友「揚鞭公子」提供，特此致敬並致謝。「公子」認為《康熙字典》引《吳都賦》的例屬於「孤證特例」，證據未夠充分。因為暫時未見中古以前有讀「留宿」如【留秀】的其他證據。「公子」此說讀者可參考。）

以上引自《基本中文》頁五三至六〇。

以上示範「審音」，可以說是「有話則長、無話則短」，信口開河則輕鬆容易，腳踏實地做學問則耗費精神心力。

(五)　「何文匯歪音」的餘殃

「何文匯歪音」起碼誤導了三十多屆香港中文大學的本科生，這是大學管理層的問題，我們民間讀書人指出了毛病，是否撥亂反正，則是大學自家的事，我們無權無勢，只能盡力到此。

電視台和電台節目由此沾染的錯音誤讀，卻每天都在影響我們香港市民的生活。當中香港電台和無線電視引用「何文匯歪音」的廣播人員，大部份都不承認學了「何文匯歪音」。香港特區政府的「廣播事務管理局」在收到市民的投訴之後，總是回覆說讀音對錯的問題不是他們

的管轄範圍！舊「廣播事務管理局」已於2012年改組，與原「電訊管理局」合併為「通訊事務管理局」。

於是「何文匯歪音」仍是陰魂不散！有人稱呼「何文匯歪音」為「病毒音」，可以變種，倒也合乎事實！

與「宿」有關的「變種病毒音」，是「名宿」一詞。香港人習慣稱呼一個界別的前輩好手為「名宿」，取「宿將」之義。近年在無線電視台的新聞節目聽廣播員將「名宿」讀如「名秀」！就是與「名獸」諧音了。

「何文匯歪音」之害，真是罄竹難書！

附錄四：廣府話「語言」與「方言」之辯的深層次矛盾

(一) 改「方言」為「語言」的政治含義

前文提到，上世紀八十年代在香港平地一聲雷般發生的「粵語正音運動」，背後其實是一場行政干預學術的鬧劇。但是為甚麼一個行政部門忽然要干預學術呢？

香港一位文化界前輩認為背後還有政治操作在內，此下再討論粵語 (廣府話) 的「語言」與「方言」之辯。

浩石在序言中提出他認同的結論：

> 粵語作為漢語的地方變體，是一種方言；作為一種有完整語音、詞彙、語法的系統，又可以視為一種語言。因此，將粵語稱作「語言」或「方言」，並不衝突。說是「語言」，並不高人一等；說是「方言」，也不矮人三分。

筆者向來擅長「挑剔」，用在日常生活會經常冒犯他人，但是用在學術辯難則有助於看清事實的真相。浩石對香港的社會情狀可能認識不深，他是純粹從學術角度去理解，這樣就有可能錯過了許多重要的枝節。

如果憑藉以上「完整語音、詞彙、語法的系統」作為判斷指標，我們是否可以說漢語方言中的「吳語」、「閩語」、「客語」……等等都

「可以視為一種語言」？果如是，整個「漢語語言學」的研究與學習，就不需要再有「方言學」的一支，乾脆一分為七。粵方言學、吳方言學……一律改為「粵語語言學」、「吳語語言學」……可以嗎？

這不是「高一人等」或「矮人三分」的差異，漢語七大方言都有共通處和相異處，我們語言用家，可以按照各自研究和學習的條件與興趣，選擇以那個方向為優先研習的目標。

既然上引的歪理可以延伸到每一種重要的漢語方言，那麼為何只有這一大票有心人要讓粵語「高人一等」而不再「矮人三分」呢？

近幾年，香港社會流傳一個說法，謂「聯合國正式定義『粵語』為一種『語言』而不是『方言』」，這事「聯合國」可以有甚麼角色呢？

實情是分離主義者經常將「語言」的差異，作為「獨立建國」的重要條件和理由！

當然，世界上有許多國家使用與周邊國家大不相同的單一語言（如羅馬利亞、匈牙利），也有些國家境內有多種語言並行同用（如瑞士、盧森堡、加拿大），甚至好幾個不相從屬的獨立主權國都用相同的語言（如德國和奧地利都用德語，西班牙和拉丁美洲都用西班牙語）。

假如「粵語」是一種語言，那也是兩粵地區和海外都有人用，怎樣可以作為香港一少撮有分離主義言行政客的「造反」工具呢？香港人要借「粵語是語言」來攪獨立運動，豈不是要拉攏廣東廣西兩省？原來「有心人」早有部署，那就是在粵語讀音上攪分化，讓香港人的粵語讀

音別樹一幟，處處與廣東省鬧分歧。

近年香港有些不學無術的娃娃，還創立了「港語學」一詞，簡直意圖與兩廣地區一刀兩斷！在「粵語」和「現代漢語」的差異上大造文章，只夠鼓煽兩廣分離；再在「粵語」之內，別立一「港語」，才可以作為鼓煽「香港獨立」的一個助力，那怕是完全不成氣候的夢囈！

(二) 訛傳「聯合國」承認粵語是「語言」

上文談到將「粵語」由「方言」升為「語言」，再在「粵語」分裂出一個「港語」，背後可能有非關學術的政治目的，這個只有我們長居香港的中國讀書人才可以隱隱約約察覺得到。此下再談「聯合國」定義「粵語為語言」的天大誤會。

訛傳「聯合國」定義「粵語為語言」，首先讓一些對漢語發展史有誤解而又看北方人不順眼的廣東人「彈冠相慶」，他們當中甚至有些人深信唐代宋代住在中原的古人日常在講我們今天的「粵語」！現時全中國以粵語、閩語、客語為方言母語的中國人當中，都有一些人認為自己今天所講母語就是古人的通用語。「聯合國」審批「粵語」的謠言，當然讓「擁粵派」感到在「三派爭奪漢語正宗」的大戰上打了一支強心針了！

可是，人世間現實的真相，總是經常會令到喜歡幻想的人大失所望。

二〇一四年二月九日，一位署名「Alain Cheng」的作者理正了來龍去脈。看姓氏該是中國人，如果他用香港的拼音習慣，極可能姓鄭，英文名Alain則可假定他是位男士。鄭先生在互聯網上發表了《聯合國正式定義[粵語]為一種語言？》，文中找到了傳說的源頭，澄清了真相。我們先讀一下鄭先生的開場白：

日前，收到朋友喜形於色轉傳而來的消息：「聯合國正式定義[粵語]為一種語言！！」據說，聯合國作此「正式定義」之餘，不再稱粵語為方言Dialect，並且認定粵語為日常六種主要用語Leading Languages in daily use之一，六種語言包括：英語English，中國普通話Chinese，粵語Cantonese，俄語Russian，法語French，西班牙語Spanish，阿拉伯語Arabic。

到網上搜尋發現，這則消息廣為流傳，在海內外你轉我貼，一些推廣粵語的網站上更有不少人跟進叫好。我主要想找到消息的原始來源，就是聯合國發布「定義」的文本。經一番追蹤，在聯合國有關網頁中終於找到一個把廣東話Cantonese稱為語言、而且是「正式語言」official language 的。

然後，鄭先生立馬指正「謠言」的源頭：

這來自「聯合國人口資訊網」UN Population Information Network, POPIN 中，一九九六年十二月的「今天人口」時事簡報 newsletter，這是關於不同地方的人口參考資料匯編。其中，有一篇標題為「香

港」，作者是美國北肯塔基大學Northern Kentucky University 社會學、人類學、哲學系教授Yushi Li。這段文字只有646字，是對香港的泛泛介紹，沒有什麼特別內容，看來是當時香港即將回歸，為滿足國際社會的關注而編輯進去的。裡面有這麼一句：English and Cantonese are the official languages, but Mandarin is gaining popularity.[英語和廣東話都是（香港的）正式語言，但國語日漸流行]。

這位教授錯了。

此下不一句一句照抄鄭君原文，鄭君指出香港的official languages 是中文和英文，Mandarin（國語）的說法在中國內地已不通用，被 Putonghua（普通話）取代。鄭君還引用《基本法》中文版第九條的實際說法：「除使用中文外，還可使用英文，英文也是正式語文。」

附筆一提，不是每個國家都有指定「official language」，以美國為例，我們第一個合理的猜想必會是：「美國的official language是英語吧！」對不起，這個猜想雖然合情合理，但是美國政府根本沒有指定「official language」！

「語文」和「語言」的差異，我們下文還要再深入剖析，先回到「聯合國」的角色。

「聯合國」一個網站，當然不可以僭越代表「聯合國」三字，如果讀者細心，聽到「聯合國定義粵語甚麼的」，當會問：「是聯合國大會嗎？還是聯合國教科文組織？」

我們再看看寫這段網頁簡介文字的教授，從他（她？）的姓名拼音似是用漢語拼音，可以推論是來自中國內地。北肯塔基大學給出全名是Professor Yushi (Boni) Li（見：https://inside.nku.edu/artsci/departments/sapdept/sociology/faculty-profiles.html）。因為Boni是個中姓名，可男可女，我們此下只好稱之為「李教授」。李教授一九八三年在北京第二外國語學院學士本科畢業，主修英語。一九八八年、一九九三年在美國艾奧瓦州立大學分別獲頒碩士和博士學位，都是社會學的專業。

如果我是聯合國這個網頁的負責人，自己不大知道香港的現況，又找不到真正可靠、長居的香港的本地學者，在無計可施的情況下，信手拈一位大學教師濫竽充數便是，我也會隨便到相熟的大學去「拉夫」以解文章截稿大限將臨的燃眉之急。

有些時候，美國學術界經常有這種因為「山高皇帝遠」而鬧出的笑話。筆者在上世紀八十年代斥重資購買了一九八五年版的《大不列顛百科全書》（Encyclopædia Britannica，俗譯「大英百科全書」）在「中國江西省」的一條發現大錯，作者當然是一位在美國某大學任教的華裔教授，還很坦白的說自己沒有弄清楚「江西省」是以那條江的西面命。一般人不會拿一個自己熟知的字詞去查字典詞書，筆者也只是因為書實在太貴，不捨得聽任數十大冊書投閒置散而經常信手翻閱，剛好翻到這一條。江西省的命名，本書讀者都知，就是「江南地區的西部」。這事給筆者很大的啟發，即使是國際知名的學術機構，萬一遇上找不到真正專

家去處理那怕只是一則小常識，都有可能弄出笑話。

鄭先生總結全文，寫道：

> 網上不少人為「粵語被聯合國承認為一種語言」而興高采烈，
> 說「在所有華語中只有粵語和普通話被聯合國承認定義為語言」。
> 有人批評這些人「挾洋自重」。這批評語氣過重了，但也的確值得
> 聞者反省：難道粵語不獲聯合國「定義」承認就不是語言嗎？難道
> 粵語是方言就不是語言嗎？何以對自己的母語缺乏自信一至於此？

> 筆者很感謝這位鄭君的努力，給粵方言區所有以粵語為母語的中國
> 人上了寶貴的一課。為甚麼有人「挾洋自重」，因「聯合國」的承認而
> 「興高采烈」？如果連結到「港獨宣傳」的分離主義目的，這就很好理
> 解了！

> 聯合國的「承認」，勝過世界十大（百）語言學宗師會審的「承
> 認」億萬倍！

（三）「語言」對「方言」、language對dialect

中了「聯合國承認粵語是語言」毒害的香港人，是怎樣理解「語
言」和「方言」呢？

他們經常「道聽途說」，指出不同「語言」之間不能交談，同「語
言」而「方言」不同，仍然可以交談。他們由此引伸，以普通話為母語

的人，跟以粵語為母語的人不能交談，所以普通話和粵語是兩種不同的語言。又有人會舉例說，意大利語和法語都屬羅曼語系，但是意大利人和法國人語言不能溝通，所以意大利語和法語是兩種語言！

前文提過，中國自秦始皇推行「書同文」之後，全國文字統一，各地方言則不統一。記得上初中時，國文老師何學敏何公談過一段趣事，他年輕時有一回遇到一位上海人，兩人語言不通，最後選擇用英語交談！但是如果當年何公與那位上海人筆談呢？那位上海人連英語也會，當然不會是不識中國字的文盲，或許當時沒有趁手的紙筆，口談可能比筆談更方便吧！

回到意人法人一對，和廣東人上海人又一對的比較，有甚麼差異？

聰明的讀者當會看得出，意人法人的一對是口談筆談都不通！

粵人滬人（上海簡稱滬）的一對是不能口談卻能筆談！

中國人遇上日本人或韓國人又怎樣？如果對方是漢學家，筆談也變得有可能！

但是中國人與年輕日本人筆談，誤會就會很多，因為今天日語中常用的許多日文漢字詞的意義已經與原來漢字詞大相逕庭。

以上的理解混亂的的情況因何出現？

這牽涉到中英雙語翻譯，正正是筆者的專業！

筆者早年修理修工，又讀文讀史、學哲學易。大學本科學工程，後來考取英國特許語言學會（Chartered Institute of Linguists）的會員資格，

203

獲授專業翻譯文憑（Diploma of Translation）。會員資格等同語言學的學士學位、翻譯文憑等同碩士學位。筆者的文科學歷在英文和中英雙語翻譯，此所以過去談論中國文史，還要給文學院出身的小朋友笑筆者是外行人講野狐禪。

不過學習翻譯的經歷，對於文化比較還是很有幫助。因為香港有一個半世紀英國殖民統治的經歷，回歸中國才二十餘載，香港主流讀書人日常用語和思維方式，都很受英語文化影響。許多時沒有先弄清楚討論重點關鍵詞的全部語義，就很容易「誤入歧途」！

這個「聯合國承認粵語為語言」的訛傳，在英語是「language」與「dialect」之辯、在漢語則是「語言」與「方言」之辯。

問題出在那裡？

如果讀者找一本像個樣的英語字典或百科全書（網絡版多的是）翻一翻，一定可人找到「language」可以分為「spoken language」（口頭語、或簡稱口語）和「written language」（書面語）。

主流香港讀書人遇到「language」這個英語詞，首先就會想到翻譯成「語言」，其實還可以按上文下理和語境，譯為「語文」！「語文」是「語言文字」的簡稱。如果我們挑選「語文」來對應「language」，則「語」（語言）必是「spoken language」而「文」（文字）必是「written language」。如果選擇翻譯「language」為「語言」，則譯者和受眾都極可能理解為「spoken language」！

筆者花了以上的筆墨來詳細分析，到此聰明的讀者可能已經看出端倪！

近年發現一個現像，似乎有些大學的「中文系」都改稱為「中國語言文字學系」。一種「語文」的「語言」部份和「文字」部份關係密切，從歷史發展來看，都是先有「口語」（或語言），然後才有「書面語」（或文字）。當然有些「language」在發展相對緩慢，讓人們可以「捕捉」到有「語言」而未有「文字」的情況！蒙古語文就是一例，到了成吉思汗（1162-1227）的時代，才開始借用其他民族的文字來記載蒙古語。

於是事情越來越清楚，李教授顯然不怎麼了解香港的情況，寫出那段製造混亂的短文，或許已經盡了力（to the best of his or her knowledges）。

「方言」和「dialect」又有沒有甚麼異同呢？

「Dialect」泛指一個「特定人群」使用的口頭語，這是讀者諸君很容易找到的定義。這個的「特別人群」有可能居住在一處相同的地方，也有可能具有共通的特點！例如是「社會階層」。社會階層可以用經濟、文化、職業來劃分。所以「dialect」的定義範圍遠遠超越中文的「方言」。那麼我們甚至可以說，任一門有大量人日常使用的「語言」，都可能在不同的「特定人群」發展出屬於他們的「dialect」，如文人雅士、市井之徒、醫生、律師、電腦工程師……等等。

　　「方言」這個漢語詞，最早可以追溯到漢代。西漢語言學大家揚雄（前53-18）著有《輶軒使者絕代語釋別國方言》，簡稱《方言》，或為《揚子方言》。《方言》是研究漢語語言學、尤其是古代漢語必讀的入門經典。揚雄寫這部書的背景，是早在周秦時代，中央政府已有派遣「輶軒之使」到各地搜集和紀錄「一方之言」的制度。這就是現代語言學很重視的「實地調查」（field research，常誤譯作「田野調查」）。為甚麼筆者要說「田野調查」是錯？因為「實地」義廣而「田野」義狹，如果我們跑到大城市入面某個小區去「調查」居民當下的語用事實，又何來田野呢？

　　若將「language」理解為狹義的「語言」（僅指口頭語spoken language），官話方言（普通話包含在內）與「粵語」是不能溝通，但是廣義的「language」是「語文」，官話方言和粵語就可以用「書面語」（written language）有效溝通。

　　到此，有人可能會質疑，許多「粵方言詞」是其他省籍的中國人看得不明白的。我們都知道，解決的辦法是跟其他方言體系的同胞書面溝通時，減少用方語詞就是。例如著名作家金庸在他的武俠小說《天龍八部》也引用了方言詞，還加了按語說：「阿碧的吳語，書中只能略具韻味而已，倘若全部寫成蘇白，讀者固然不懂，鳩摩智和段譽加二要弄勿清爽哉！」筆者有些時候與北方的小朋友筆談，間會有人要求勿用粵方言詞，都是同一個道理。筆者只要全不用粵方言詞，與別省的朋友溝通

就不會有任何問題。

漢字是當今世上獨一無二仍在廣乏使用的「指示會意文字體系」，每一個漢字都包含了形、音、義三大元素，三者緊密結合在一起。

歐洲各國使用的拼音文字，英語是我們當代中國讀書人（猶其是廣東人）比較熟悉的一種。英語由字母組成音素，音素組成文字。但是英語音素的表義能力遠遠及不上漢字字形同時表音表義的精確和高效。

我們還可以比較所謂「英式英語」和「美式英語」，同一個事物英美在兩地有不同的叫法。「警察」在英是police，在美是cop；「出租車」（台灣叫計程車、香港音譯的士）在英是taxi，在美是cab……將這些名詞分野列出來，或可以寫成一本小書。那麼「英式英語」和「美式英語」是「英語」入面的兩種「方言」，還是兩種「語言」呢？因為英美是兩個獨立的主權國，而美國的政經實力已全面壓倒英國，但是英國的英語文化較深邃，誰肯「矮人三分」當「方言」？

因為漢語的「構詞能力」遠勝於英語，此所以一個中國人只須要學會三五千個漢字，就可以讀會九成以上的漢字印刷品，讀者諸君可以回想過去二三十年有幾多個新的漢字出現？應該沒有吧！我們遇上新的概念要用中國文字表達，只需要把原有的常用詞組合構詞，就可以滿足溝通的需要。英語就不可以，出了一個新事物就經常要發明新字。此所以英文字不停更替，新字不斷產生、舊字又不斷消亡或至少落伍而被人棄用。

我們活在二十一世紀的中國讀書人，可以借用歐洲語言學的研究手段來幫助我們研究自己的漢語漢字（就是中國語言文字學），但是不可以完全照搬人家的所有辦法。

過份套用linguistics（研究language的「語言學」）的方法去研究漢語漢字，一不小心，就會「牛頭不搭馬嘴」！

廣府話的「語言」和「方言」之辯，亦可以作如是觀!

(四) 小結

散播謠言容易，摧破邪見艱難。

學術不應讓政治過度介入，但是學術又不能完全避免政治的影響。中國先秦時期學術思想非常發達，出現百花齊放的局面，各流派中儒家也好、道家也好、法家也好、墨家也好......，他們的最終目的，仍是處理當時中國人面對最棘手的政治問題。

語言文字又是一國一族文化的載體，我們談中國文化離不漢語漢字，也離不開中國的歷史和政治。不過我們應該時刻留心政治有沒有過度介入了學術，若是政治完全凌駕了學術，這樣的學術研習就必然會走上歧途。

今時香港的粵語社群，出現了一些原本沒有興趣去研究、繼承和傳播粵語文化的人，打著擁護廣東話的旗號，去鼓吹分離主義的思潮。

筆者長篇大論、似乎跑題跑得很遠，無非是感覺到有責任盡量提供

所有相關的背景資料，然後才好去表明筆者的觀點和立場。畢竟筆者是純粹以用家的角度去研習廣府話，而不是為了「吃飯」的生計，那就更應該對讀者負責。

　　粵語作為漢語系統內的一門方言，不光是跟普通話難溝通，跟閩語、客語、吳語、湘語、贛語都同樣難溝通。好在秦始皇「創法垂統」，在他任內統一了他管轄地方的文字，於是後世不同省籍的中國人碰頭時，即使講不明白，還可以寫。今天若有人過份強調粵語是一種「語言」而不是「方言」，雖然其人未必就有分離主義的主張，但是單純從學術求真的角度出發，起碼也算是過於「馬虎」、過於湖塗。

附錄五：粵語輸一票的謠言

潘按：網絡上流傳一則謠言，謂中華民國成立初期，臨時政府曾經議決
「國語」，結果粵語以一票之微未能入選云云。這個也成為個別粵籍的
「分離主義者」樂用，多年前曾撰文澄清，唯是謠言仍然廣泛流播。

粵語輸一票的謠言

（一）

今天的新聞報導就是明天的歷史，豈可輕忽？

一位報界前輩曾對筆者言道，新聞報導必需對事情的三大背景重點弄得清楚明白，即是：人物、時間和地點。當然，事發時間和地點的精確度，常會因應事件的性質而有不同程度的要求。過去新聞報導差不多是報紙的專利，白紙黑字的紀錄容易成為讀者秋後算賬的證據，遂令發消息的人不可以過於隨便，以免生出後患。有了電台和電視之後，套用晚近的潮語，是「改變了傳媒生態」。到了今天，除了現場直播報導之外，形形色色的「個人意見節目」都有發放新聞的功能，主持人和嘉賓既不代表傳媒機構的立場，便可以任意月旦時事、介紹漏網花邊新聞，有新聞工作者之實而無記者之名，難免間中口講無憑，甚為逍遙自在。互聯網興起之後，散播謠言更易，造謠者又常可以隱藏身份，更肆無忌憚。

「粵語因一票之差而不能成為國語」的謠言，很能夠滿足一些廣東人的口胃，近日又熱炒起來，這樁失實的「新聞報導」，經過多年流傳，漸漸有變成「歷史掌故」的趨勢。故事的內容大致說：辛亥革命之後中華民國成立，革命代表商議定立國語。因為革命黨有許多粵人，廣東幫的勢力令粵語亦成為候選語言之一，投票結果粵語以一票之差，輸了給北京話，跟「國語寶座」擦身而過。較為晚出的細節，還添加了孫文 (1866-1925) 當日為了「顧全大局」而將手上寶貴一票投了給北京話云云。

如果我們用前述的三大準則研判，可以問那些熱烈散播此消息的人，能否提供相關人物、時間和地點的更詳盡資料？所謂「一犬吠影、百犬吠聲」，如此一來，喜歡道聽途說的「吠聲者」諒必啞口無言。若再追問是在那一本書上讀過這則故事，當事人甚至可能覺得你有意刁難！

但是這樣可不是吹毛求疵，若不能提供全體與會者名單，總可以說出一兩個主持人吧？即使不必知道會場在那一條街、那一座樓、那一個房間，總可以說得出在那個城市吧？北京？南京？武昌？不知會議的會期長短，總可以說得出那一年吧？民元 (1912)？民二 (1913)？

這般尋根問底或會很討人厭，亦肯定打擾了人家擺龍門陣的興緻，卻是撕破謠言的妙法。如果真的開過這樣的一次會議，總可以從各種歷史檔案、回憶錄等等，重組事件涉及的人物、時間和地點，可以寫成專書或論文。但那是歷史學家的任務，筆者付不起這樣高昂的「成本」。本文只能夠舉出足夠的證據，就已經對得起讀者了。

（二）

　　未繼續追問「國語投票」事件的細節之前，不妨飛渡太平洋，看看發生在美國的相似謠言。原來美國德裔社群也流傳這樣一個傳說，謂在美國立國初期，德語以一票之差敗給英語，不能成為美國官方語言（official language）。

　　回顧美國立國的歷史，可以輕易證明此說無稽。美國成立時有十三州，清一色是原英國殖民地，估計當時人口約四百萬，來自日耳曼諸邦（統一的德國還未出現）不足十分一，「少數族裔」的德語有甚麼資格問鼎「國語寶座」？其實德裔人移民北美，要到拿破崙戰爭（1793-1815）之後才高速增長。

　　那麼有沒有為德語投過票呢？有是有的，卻不是那麼一回事。據文獻記載，1794年一批日耳曼裔美國人要求政府將部份法律譯成德文，以方便不會閱讀英語的新移民，結果眾議院以42比41票否決這項呈請。據報當時的眾議院議長事後說：「日耳曼移民越快成為美國人越好！」（the faster the German immigrants become American, the better it will be）這個謠言之所以能有市場，其中一個原因是德裔社群人多勢眾。據一九九〇年的人口普查，有五千八百萬美國人聲稱祖先是日耳曼移民，為各族裔之冠。不過他們當中能操流利德語的已屬少數，大都成為不會德語的美國人。

　　最有趣的是從法律觀點來說，美國根本沒有官方語言，德語固然不

是國語，連英語也不是！倒是州政府有定立官方語言，以夏威夷州為例，就有英語和夏威夷語兩種官方語言。

（三）

　　秦始皇統一天下，「書同文」是重要政績之一，但只廢除六國文字，沒有廢除方言，於是二千年來中國各地方言獨立發展。「語同聲」只在近半世紀推廣全國用普通話才算初步成功。

　　其實早在十九世紀末，已有許多民間學者提倡以北京官話作為國語。北京是當時中國的政治中心，按照歷朝中央官員以「官話」溝通的傳統，北京官話順理成章成為國語的首選。1909年，清政府就成立了「國語編審委員會」，1911年由學部（相當於教育部）召開「中央教育會議」，通過了《統一國語辦法案》，原定在「宣統八年」（1916）推行，因清政府隨即倒台而沒有實行。由此可知，清末已啟動的國語運動根本就不可能有粵語的份兒！

　　那麼為定立國語而投票又曾否發生過呢？

　　蔡元培（1868-1940）除了當過北京大學校長之外，還做過中華民國第一任教育總長。他在任內召開「讀音統一會」，各省推舉代表兩名，另蒙、藏、華僑代表各一名，教育部又延聘專家學者數十名，到北京開會，共同審訂漢字的「標準讀音」，預計多達八十人。

　　民國二年（1913）二月十五日，會議正式舉行，只有四十多人參

加，而蔡元培亦已離任。與會者的姓名，在此只介紹兩個，一是被推舉為主任的吳敬恆（字稚暉，1865-1953，日後成為國民黨要人），一是代表教育部的周樹人（1881-1936，即魯迅，但當時尚未用此筆名）。因為與會者以江蘇、浙江兩省偏多，經過激烈辯論之後，議決審音時一省一票表決而非一人一票。近三個月的會期，共審定了六千多個常用字的「國音」，這套標準音即是所謂「老國音」。據近代語言學家黎錦熙（1890-1978）的介紹（他本人沒有出席，但跟許多與會者相熟），這套標準音還「保留了一些字的舊入聲，如一、六、七、十、百和日月等」。因為北京話早就沒有了入聲，「任何地方的人以及能說得好北京話的人，都要從頭學起」。「老國音」是民主程序投票妥協的人為產物，有人還批評「只有趙元任一個人會說」（趙氏，1892-1982，亦是近代語言學家）。

　　以上是駁斥謠言的基本資料，由此可知，粵語從來沒有成為「國語候選語言」之一。散播謠言容易，推翻謠言就麻煩得多。謠言的源頭已難考，「粵語輸一票」跟「德語輸一票」又有沒有任何越洋的異國緣？頗惹人暇思。如上按人物、時間和地點的最起碼考察，或可作為新高中通識教育科當中訓練學生處理資訊和理性思考的示範。

（原載於香港《文匯報》二○一○年九月一日）